¡Sonríe!

¡Sonríe!

Raina Telgemeier

Color de Stephanie Yue

MAEVA young

Título original: *Smile*

Publicado por acuerdo con Scholastic Inc., 557 Broadway, Nueva York, NY 10012, USA
Traducción: Jofre Homedes Beutnagel, 2016 / Revisión: Teresa Mlawer
Adaptación de cubierta: Gráficas 4

Benito Castro, 6
28028 MADRID
www.maeva.es
Edición de venta exclusiva en USA distribuida por LECTORUM
1.ª edición: marzo de 2016 9.ª edición: febrero de 2021
ISBN: 978-84-16690-23-7
Depósito legal: M-11.151-2016

MAEVA apuesta para frenar la crisis climática y desea contribuir al esfuerzo colectivo y permanente de proteger y preservar el medio ambiente y nuestros bosques con el compromiso de producir nuestros libros con materiales sostenibles.

Este libro se ha elaborado con papel procedente de bosques gestionados de forma sostenible, reciclado y de fuentes controladas, avalado por la asociación PEFC, la más importante del mundo para la sostenibilidad forestal.

Para Dave

Nota del editor:
Esta novela gráfica está ambientada en los años noventa. No había móviles, los niños no tenían que ir con silla en el coche y los New Kids on the Block eran superfamosos.

Odontología y ortodoncia
PARKING

CAPÍTULO UNO

AÚN NO ENTIENDO POR QUÉ NECESITO APARATO PARA LOS DIENTES, MAMÁ. A **MÍ** ME PARECE QUE ESTÁN BIEN.
VAMOS, WILL.

TIENES SOBREMORDIDA, CARIÑO. SI NO SE ARREGLA, MÁS TARDE PODRÍA CAUSARTE PROBLEMAS.
AH.

¡¡VAS A TENER LA **BOCA DE HIERRO**!!
AMARA, POR FAVOR, NO TE BURLES.

QUE TE DIVIERTAS EN LA REUNIÓN DE SCOUTS. VOLVERÁS EN COCHE CON LA MADRE DE KELLI.
VALE. GRACIAS, MAMÁ.

¿TAMBIÉN TE PONEN APARATO? TAMPOCO ES TAN HORRIBLE.
Kelli
Jenny
Raina (yo)
Emily
Jill, jefa de tropa
Kaylah
Melissa
Karin
Nicole
LUCK

NO PUEDES MASTICAR PALOMITAS, NI MANZANAS, NI ZANAHORIAS. NI CHICLE. NI TOFES. NI CARAMELO. NI...

¡¡A VER SI TAMBIÉN DEJO DE MORDERME **LAS UÑAS**!!

Una hora después
... LA PRÓXIMA VEZ HAREMOS CESTAS DE PASCUA. ¡NOS VEMOS!
¡ADIÓS!

¿TE DEJO A TI PRIMERO, RAINA?
VALE.

KELLI, MELISSA, ACOMPAÑAD A RAINA HASTA LA ENTRADA
¡¡CARRERA, CHICAS!!

HASTA EL PORCHE.
¡TONTA LA ÚLTIMA!

¡ESPERADME!

¡KELLI...!

¡AGARRÓN!

TROPEZÓN

AL
SUELO

¡¡PAM!!

¿... RAINA?

...

MANOS... PIERNAS...

NADA ROTO.
GUAY.

?

¿RAINA?
HUY...

¿ESTÁS BIEN?

¡¡¡AAAAAH!!!
¡DIOS MÍO!

¿QUÉ HA PASADO?
¡TRAED A SU MADRE! ¡¡DEPRISA!!

NO PASA NADA, CARIÑO... TRANQUILA.
¡¡¡MIS DIENTES!!!

¿EH?

¡AH!
AGARRAR

¡¡MI DIENTE!!

¡¿Cariño?!
AY, DIOS MÍO...

TENEMOS UN DIENTE... ¿ALGUIEN VE EL OTRO?
NO, YO NO.
POR AQUÍ TAMPOCO...

PAPÁ, ¿QUÉ PASA?
VUESTRA HERMANA HA TENIDO UN ACCIDENTE. VOLVED A LA CAMA Y A DORMIR, ¿VALE?

D
Denis trabajo
(408) 555-6372
Dentista
(415) 555-1291
Particular
(415) 555-3741
E
Emily (415) 555-2650
Ethel
(415) 555-0706

LECHE... PONER EL DIENTE EN LECHE...

YA... ¿VEINTE MINUTOS?

ALLÍ ESTAREMOS.

ADIÓS.

¡EH, MAMÁ!
¡VUELVO A TENER SEIS AÑOS!

¡JA, JA, JA, JA, JA!
ESTÁ EN SHOCK.

¡MENOS MAL QUE EL DOCTOR GOLDEN AÚN ESTÁ EN LA CONSULTA A ESTAS HORAS!

¿Y NO HAN ENCONTRADO EL OTRO DIENTE?
NO.

TENDRÉ QUE MIRARLO MEJOR, PERO PARECE QUE EL OTRO SE HA METIDO HACIA ARRIBA.

¿ESTÁS BIEN, RAINA?
AJÁ...

No recuerdo muy bien qué más pasó esa noche.

El doctor Golden puso el diente caído en su sitio...

... y sacó el otro de la encía (donde se había metido).

En mi cuerpo sin fuerzas, la novocaína, el óxido nitroso y la codeína...

... hicieron que todo pareciera un sueño extraño.

Pip
Pip

Parpadeo
Parpadeo

¿¿MAMÁ??

¡AH, CARIÑO, YA ESTÁS DESPIERTA! ¿QUÉ TAL? ¿TE APETECE BEBER ALGO?

¿QUÉ EZ LO QUE TENGO EN LOZ DIENTEZ?

EL DOCTOR GOLDEN DIJO QUE ES UNA ESPECIE DE ESCAYOLA.
ASÍ NO SE MOVERÁN MIENTRAS SE CURAN.
AH.

Sip
NO EZTOY BIEN.

LO SÉ, PERO EL PREMIO ES NO IR AL COLE.
¡BIEN!

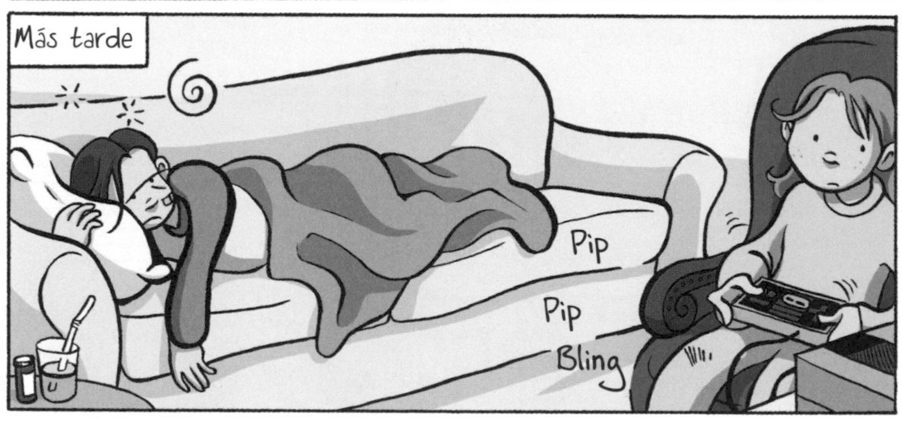
Más tarde
Pip
Pip
Bling

¡Plup!
¡OH!

AL FINAL CANSA VER CÓMO SE MUERE TU HERMANA EN SUPER MARIO BROS...
Pip
Pup
Pip

RAINA...

HE PASADO POR EL COLEGIO A RECOGER TUS DEBERES.

EL SEÑOR CRUZ TAMBIÉN MANDA ESTO.
GRACIAZ, PAPÁ...

RAS

ONRÍE!
wishes
better, Tony

ZÍ, CLARO.
¡SONRÍE!

Una semana después

¿TE HAS ENTERADO DE QUE SE LE HAN CAÍDO TODOS LOS DIENTES?
¿CÓMO?

...UNA PELEA...
...EN DEPORTE...
...UN ESCA-LÓN...

BUENO, RAINA, ¿POR QUÉ NO LE CUENTAS A LA CLASE QUÉ HA PASADO? TENEMOS MUCHA CURIOSIDAD.
Lengua
Plástica

EEH...

PUEZ... EZTABA CORRIENDO Y TROPECÉ. ZE CAYERON LOZ DOZ DIENTEZ DE DELANTE.

¿ME LO ENSEÑAS?
MMM...

¿Y ESO BLANCO QUÉ ES?
VALE, JUAN. AHORA DÉJALA EN PAZ.

¿Y CÓMO PASÓ?
¿TE DOLIÓ?
¿QUÉ MEDICINAS TE DIERON?
¿CÓMO COMES?
¿LLO-RASTE?
MMM... BUENO...
HOLA, CHICAS. HOLA, RAINA.
¿CÓMO ESTÁS?
HOLA, KELLI.
¿QUÉ PINTA TENÍA?
¿DABA ASCO?
¿VISTE EL DIENTE?
¿TENÍA SANGRE?
¿LLORÓ?

MAMÁ, EZTOY HARTA DE EZTAZ PAZTILLAZ.
LO SÉ, CARIÑO.

PERO TIENES QUE TOMÁRTELAS TODAS.
GLUP

PUAJ... TENGO GANAZ DE VOMITAR.

ES QUE HACE UNA SEMANA QUE SOLO TOMAS HELADO, CALDO DE POLLO Y CODEÍNA...

ES NORMAL QUE TENGAS ALGUNAS NÁUSEAS.

¿ESTÁS LISTA, CIELO?
ZÍ.

PERO ¿QUÉ ME VA A HACER EL DOZTOR?
QUITARTE LA ESCAYOLA... RADIOGRAFÍAS... VER SI SE CURAN LOS DIENTES.

VALE.

¿CREEZ QUE EZ LO PEOR QUE HA VIZTO EL DOZTOR?

PASA MUCHO, CIELO. NO ES LA PRIMERA VEZ QUE VE DIENTES CAÍDOS.

¡¡MI PACIENTE ESTRELLA!!

ME ALEGRA VERTE MEJOR, RAINA. ¡MENUDA CAÍDA LA DE ESA NOCHE!
ABRE.

BUENO, AHORA SOLO QUITAMOS EL SELLO DE ESCAYOLA...

¡Y VERÁS TUS DIENTES OTRA VEZ!

VAYA...

MMM...
¡¿QUÉ?!

LA CAÍDA TAMBIÉN DEBIÓ DE AFECTAR AL HUESO DE ARRIBA...
¿PUEDO VER?
Y CUANDO LOS PUSE EN SU SITIO, SUBIERON MÁS...
SEGURO QUE HAY ALGUNA MANERA DE ARREGLARLO...
¡PAREZCO UN VAMPIRO!

VEAMOS LAS RADIOGRAFÍAS...

¿VES CÓMO HAN SUBIDO LOS PALETOS?

¿PUEDES AVISAR A LA FAMILIA?
CLARO.

... PARECE QUE LOS NERVIOS DE LOS CUATRO FRONTALES ESTÁN AFECTADOS...
¿PUEDO VER?

... A UN ENDODONCISTA PARA UN TRATAMIENTO...
¡VENGA, RAINA!
BUENO...

... INTENTAR SALVAR ESOS DIENTES PARA QUE NO LOS LLEVE POSTIZOS A LOS ONCE AÑOS...
¡JA, JA, JA!

¡JA, JA! ¡PARECES UNA NIÑA PEQUEÑA!

Y A MÍ HACE UN AÑO QUE ME SALIERON LOS DIENTES DELANTEROS PERMANENTES.
EN CAMBIO, A TI SE TE ACABAN DE CAER.
¡¡AMARA!!

BASTA.

VENGA, NIÑAS. NOS VAMOS AL TOYS "R" US.

RAINA, TIENES UN PREMIO ESPECIAL.
¡¿QUÉ?!

Luego
VENGA YA... WIZARDS & WARRIORS ES UNA TONTERÍA. ¿POR QUÉ NO TE LLEVAS DUCKTALES?
¿Y SI ELEGIMOS CALIFORNIA GAMES? ¿EH?

¡MOLA! ¡LAS LAVA WADERS, LAS BOTAS PARA CAMINAR SOBRE LAVA!

¿PUEDO JUGAR?
NO

MAMÁ, ¿POR QUÉ ESTÁ TAN TONTA RAINA?

LE DUELE MUCHO, AMARA. SI CON LA NINTENDO SE OLVIDA DE LOS DIENTES...
... CREO QUE SERÁ MEJOR QUE LA DEJEMOS JUGAR.

AÚN VA A DOLERLE MUCHO... ASÍ QUE INTENTA SER AMABLE, ¿VALE?
HMF.
AH, Y DECIR "TONTA" ES MUY FEO.

CAPÍTULO DOS

¿TE LOS ARREGLARÁN?
BUENO, ME IBAN A PONER APARATO DE TODAS FORMAS, ASÍ QUE INTENTARÁN BAJARLOS.

AH, ¿NO ES PARA SIEMPRE? ¡ENTONCES NO TE PREOCUPES!

¡TENÍA MIEDO DE PARECER UNA NIÑA DE SEIS AÑOS!

NO... PERO ¿SABES QUÉ TE HACE PARECER UN BEBÉ?
¿EL QUÉ?

¡ESAS COLETAS!

GRACIAS POR TRAERME A CASA OTRA VEZ.
DE NADA.

AH, RAINA... ¡TEN CUIDADO!

ESTA VEZ MEJOR QUE VAYAMOS ANDANDO.
BUENA IDEA.

ES VERDAD, PAREZCO UN BEBÉ.
ZAS

PERO ¿EN EL FONDO ME IMPORTA LO QUE PIENSEN?

... SÍ.

SEÑOR CRUZ, MAÑANA NO PODRÉ VENIR A CLASE. TENGA, LA NOTA DEL DENTISTA.

VALE. TE MARCARÉ LOS CAPÍTULOS QUE TOCAN PARA QUE LOS ESTUDIES EN CASA.
¿TE SALTAS CLASES? ¡QUÉ SUERTE!
FLIP
FLIP

NO TANTA... TENGO QUE IR A UN ENDODONCISTA.
¿Y ESO QUÉ ES?

¡PUES NO LO SÉ MUY BIEN!

¡PUES SI LO QUE TE HACE ES TAN FEO COMO ESE NOMBRE, LO LLEVAS CLARO!
106.1 KMEL
NKOTB

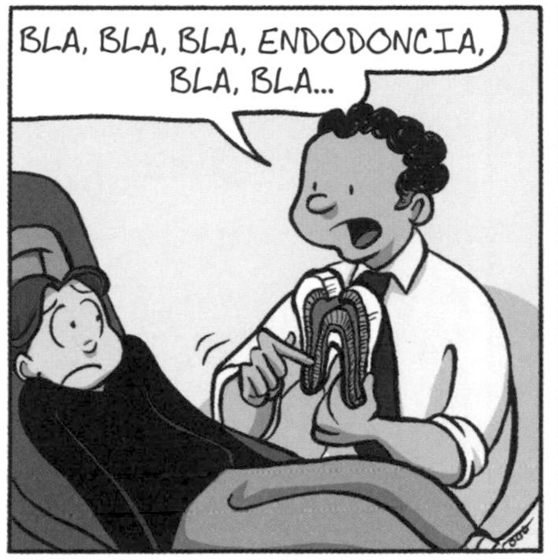
BLA, BLA, BLA, ENDODONCIA, BLA, BLA...

PATATÍN, PATATÁN... AGUJEROS EN LOS DIENTES, BLA, BLA, BLA...

Y TAL Y CUAL, MÍNIMO TRES HORAS, QUE SI ESTO, QUE SI LO OTRO...

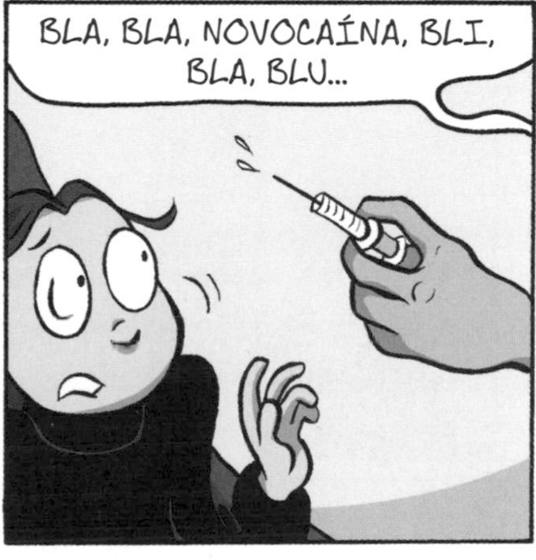
BLA, BLA, NOVOCAÍNA, BLI, BLA, BLU...

RACA, RACA, GAS DE LA RISA, PIM, PAM....

BLAAA...

TOMA, PUEDES ESCUCHAR LA RADIO MIENTRAS TRABAJAMOS.
?

A partir de entonces fue bastante tranquilo.

Durante la operación me levanté una vez para ir al baño.

Tenía abrazaderas, una protección de plástico y gasas por toda la boca.

¡Molaba un montón!
¡JA, JA!

Tuvieron que ponerme varias inyecciones de novocaína, porque el efecto se pasaba y me volvía a doler.
VAMOS ALLÁ.

Después de quitarte las raíces, llenan los agujeros de los dientes con cemento dental.
¡YA CASI ESTAMOS!
MMM KZZ...

El cemento se sella con un instrumento al rojo vivo...

... que OLÍ, antes de notarlo, cuando me tocó sin querer el paladar.
SSSHHH
¡HUUY! ¡PERDONA!

Unas semanas después

BUENO, PEQUE... ¡CASI TIENES DOCE AÑOS!
SÍ...

¿QUIERES HACER ALGO ESPECIAL PARA TU CUMPLEAÑOS?

...

¿PUEDO HACERME AGUJEROS EN LAS OREJAS?

¿AGUJEROS EN LAS OREJAS, CIELO? NO SÉ SI ES MUY BUENA IDEA, LA VERDAD.

SE PUEDEN INFECTAR... Y DUELE MUCHO...

ADEMÁS, ¿PARA QUÉ? ¡NUNCA TE HABÍA LLAMADO LA ATENCIÓN!

¡PORQUE SIEMPRE ME DECÍAIS QUE NO PODRÍA HASTA LOS DIECIOCHO!

PERO CREO QUE LO QUIERO HACER AHORA.

¡YO ME LOS HICE A LOS DOCE Y SE ME INFECTARON LAS OREJAS!
¡PORQUE TÚ USASTE UNA AGUJA DE COSER Y UN CUBITO DE HIELO!
YA...
BUENO...

¿Y SI ESPERAMOS HASTA DESPUÉS DEL CUMPLEAÑOS?
PIZZA

DENTRO DE POCO TE PONDRÁN APARATO...

NO SÉ, PODRÍA SER TU RECOMPENSA Y TU REGALO DE CUMPLEAÑOS.
¡VALE!
ABIERTO

KAYLAH ME RECOMENDÓ LA JOYERÍA DONDE SE LOS HIZO ELLA.

... Y EL OTRO DÍA, EN CONTEMPO, VI UNOS PENDIENTES GUAYS... MELISSA TIENE UNOS EN FORMA DE RAYO... YO LOS QUIERO COMO LOS DE BRANDY, LA DEL NUEVO CLUB MICKEY MOUSE...

Pocos días después

SONRÍE.

MMM.

CREO QUE TENEMOS QUE HACER OTRA POLAROID.
BRACES ARE ACES!

¡TU BOCA HA CAMBIADO MUCHO DESDE LA ÚLTIMA VEZ QUE NOS VIMOS!

EMPEZAREMOS CON LOS BRACKETS DELANTEROS...

... BANDAS DE LOS MOLARES...
TELGEMEIER, RAINA

ASÍ PODRÉ EMPEZAR ENSEGUIDA CON EL ARCO FACIAL.
¡¿ARCO FACIAL?!

CLARO. LA IDEA SIEMPRE HA SIDO CORREGIR LA SOBREMORDIDA.

PERO... ¡PERO ES QUE CON ESO PARECERÉ UNA FRIKI!

¡SOLO TIENES QUE USARLO DE NOCHE!

¿YA ESTÁ LISTO, JAMIE?

VAMOS A HACER UN MOLDE DE TU BOCA. ABRE... PUEDE SER UN POCO INCÓMODO.

¡ADENTRO!

EL MATERIAL TIENE QUE ENDURECERSE, ASÍ QUE CIERRA LA BOCA Y PROCURA RELAJARTE.

TICK
TICK

TICK
TICK

VALE, YA ESTÁ.
¡PAF!

¡DIEZ SEGUNDOS MÁS Y SEGURO QUE HABRÍA VOMITADO!

¡Y AHORA LOS DIENTES DE ABAJO!
¡¡AAAH!!

¡HORA DE ABRIR LOS REGALOS!

¡PENDIENTES!

¡PENDIENTES!
¡QUÉ MONOS!

¡PENDIENTES!

¡AHORA TIENES QUE DEJAR QUE ME HAGA AGUJEROS, MAMÁ!
LO SÉ, LO SÉ...

AL FINAL, ¿CUÁNDO TE PONEN EL APARATO, RAINA?

EL VIERNES.

Y LOS AGUJEROS DE LAS OREJAS, ¿CUÁNDO TE LOS HACES?

COMO UNA SEMANA DESPUÉS.

¡GUAY! ¿ASÍ QUE PRONTO PARECERÁS NORMAL?

De nuevo en el ortodoncista...
GIRA
EMPUJA
ESTIRA
METE
GIRA
GIRA
GIRA
RASCA
APRIETA
ESTIRA
GIRA
GIRA

¡YA ESTÁ!

El aparato ejerce una leve presión.

Poco a poco se va aumentando la presión.
QUÉ RARO, ¿NO?
¡SÍ!

Y poco a poco los dientes se mueven.
LOS LABIOS NO SE ACOSTUMBRAN.

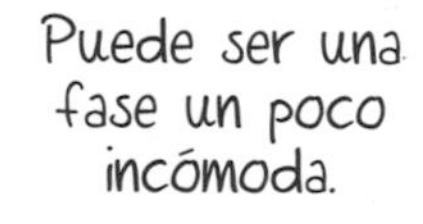
Puede ser una fase un poco incómoda.

Toque

¡¡AY!!

¡AY!
222

¡AY!

¡AY!
Puré de patatas

¡AY!

¡AY!

¡ME DUELE TODA LA CABEZA!

¿POR QUÉ NO TE DAS CABEZAZOS CONTRA LA PARED?

¡DE ESA FORMA, CUANDO PARES...

... TE DOLERÁ MENOS!
GRACIAS POR EL CONSEJO.

VENGA... VAMOS AL CINE, O A ALGÚN OTRO SITIO. ¿NOS ACOMPAÑAS, WILL?
¡SÍ!

¿COMPRAMOS PALOMITAS, PAPÁ?
MMM...

RAINA TIENE PROHIBIDO COMER PALOMITAS MIENTRAS LLEVE APARATO.
DA IGUAL... QUE SE LAS COMA WILL. TOTAL, TAMPOCO ME GUSTAN TANTO.
GIANTS

POP POP POP POP POP
Snif Snif

PERO CLARO, ¡¡BASTA QUE TE PROHÍBAN ALGO PARA QUE EL OLOR SEA IRRESISTIBLE!!
POP POP POP POP
POP POP
PALOMITAS
PALOMITAS

AY...
Papilla

RAINA... ¿SEGURO QUE QUIERES HACERTE HOY LOS AGUJEROS DE LAS OREJAS?
¡CLARO QUE SÍ!

VALE... COMO TE DUELEN TANTO LOS DIENTES, PENSÉ QUE...
¡MAMÁ!

NO ES LO MISMO. EL APARATO NO LO QUIERO, PERO LOS PENDIENTES **SÍ**.
VALE.

¿Y QUÉ SI ME DAN MIEDO LAS AGUJAS?
¡QUIERO HACERLO!

CREO...
JOYE

LOS AGUJEROS LOS HACEMOS CON ESTOS.

ALCOHOL
VALE...

PINTAMOS UN PUNTITO DONDE VA EL PENDIENTE...

AHORA EL AGUJERO. RESPIRA HONDO.
SSNNNNNNFFFF

¡CATACLACK!

¡CATACLACK!

¡LISTO!

¿VES?
¡QUÉ GUAPA!

¡CASI NO ME HA DOLIDO, MAMÁ!
¡MEJOR!

SOLUCIÓN SALINA PARA HIDRATAR... CREMA ANTIBACTERIAL PARA QUE NO SE INFECTEN...

¡EMPIEZO A SENTIRME UNA ADOLESCENTE DE VERDAD!
Suspiro

Al día siguiente
AY...
RING

¡HOLA, JANE! SÍ. NO SÉ... VOY A VER SI MI MADRE PUEDE LLEVARME A TU CASA.

Luego
TE GUSTARÍA QUE JANE NO SE HUBIERA MUDADO DE CIUDAD, ¿VERDAD?
A VECES SÍ.

HASTA QUINTO ERA MI MEJOR AMIGA.
LA ECHO MUCHO DE MENOS.

¡ES LA ÚNICA AMIGA QUE TENGO MENOS MADURA QUE YO!
PRECIOSA
KITTY

BUENO, BUENO
¿QUÉ TE PARECE?
YO TE VEO
IGUAL.

VAMOS, JANE. ¿NO MOLO MÁS?
¿PAREZCO MAYOR?
SUPONGO.

OYE, ¿ESTÁ TU PADRE? ¡QUIZÁ PUEDA
LLEVARNOS AL CENTRO COMERCIAL!

ESTÁ
TRABAJANDO.

VAYA. QUERÍA VER SI
VEÍAMOS A ALGUNOS
CHICOS.

MARIO

QUISIERA GUSTAR A LOS CHICOS.

¿Y NO LE GUSTAS A NINGUNO? ¿ESTÁS SEGURA?

¿CÓMO VOY A GUSTARLES, CON ESTE HORROR?
PERO QUÉ DICES.

SEGURO QUE LE GUSTAS A ALGUIEN DEL COLEGIO.

BUENO, SÍ... A JEREMIAH LE GUSTO... Y ABRAHAM... ELIAS... TAMBIÉN A DAN, A ANDRÉ, Y A MAT... AH, Y A AARON, Y A STEPHEN..., QUIZÁ

¡PERO NO CUENTAN! ¡YO DIGO CHICOS MONOS!

CAPÍTULO TRES

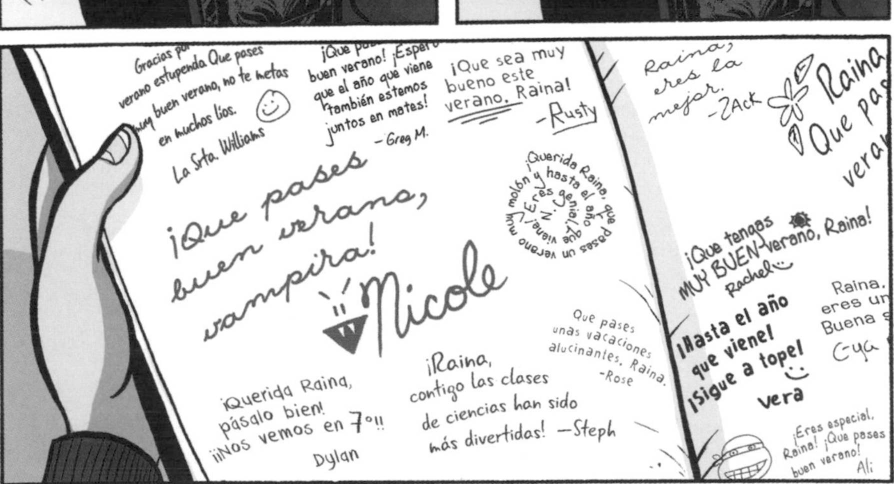

Fue un verano bastante normal, dentro de lo que son los veranos.

Campamento de las scouts

La abuela

Nintendo

Niebla

Viajes en coche

Ortodoncista

Ah, y también...
ARCO FACIAL.

CLIP

BUENO, MAMÁ, YA PUEDES COMPRARME UNAS GAFAS DE CULO DE VASO Y UNOS ZAPATOS CON VELCRO.

TAMPOCO ES PARA TANTO.

ADEMÁS, ¡SOLO TIENES QUE LLEVARLO POR LA NOCHE!
¡AY!

MUCHOS NIÑOS LLEVAN COSAS UN POCO RARAS PARA ARREGLARSE EL CUERPO...

... QUIZÁ NO TE HAS DADO CUENTA PORQUE NADIE HABLA DE ELLO.

¡¡PUES YA VA SIENDO HORA DE QUE HABLEN DE ELLO!!

PUEDE QUE ASÍ NO NOS SINTAMOS TAN FRIKIS...

SUPONGO QUE EN ALGUNOS ASPECTOS SOY NORMAL...

EN EL FONDO, MUCHOS LLEVAN APARATO.

MUCHOS TIENEN...

PERO ¿QUÉ...?

GENIAL. PRIMER DÍA DE SÉPTIMO Y ME SALEN GRANOS POR TODAS PARTES.
GUESS

MELISSA... ¿QUÉ VOY A HACER CON ESTE APARATO Y CON ESTOS GRANOS?
NO LO SÉ.

¡TODOS SE DARÁN CUENTA!

¡MIRA A ESOS NIÑATOS! ¡AAAAH! ¡ESTÁ LLENO DE RENACUAJOS DE SEXTO!
GUESS

¡¡A MENOS QUE ESTÉN DEMASIADO ASUSTADOS PARA FIJARSE EN MÍ!!

¿QUÉ TAL TU HORARIO?
NO MUY MAL...
A PRIMERA HORA, PLÁSTICA; SEGUNDA, MATES; TERCERA, LENGUA; CUARTA, CIENCIAS; LUEGO, COMIDA, DESPUÉS, DEPORTE Y A ÚLTIMA HORA, BANDA DE MÚSICA.

¿TIENES DEPORTE JUSTO ANTES DE BANDA?
¿POR?

PORQUE A LA HORA DE BANDA OLERÁS RARO.

EMILY, EN BANDA SEREMOS UN MONTÓN DE NIÑATOS DE SEXTO Y YO. NO ME IMPORTA LO QUE PIENSEN ESOS DE MÍ.

¡BIENVENIDOS! SOY EL SEÑOR DOUGLAS. ¿ESTÁIS TODOS BIEN SENTADOS? LAS FLAUTAS DELANTE, LOS CLARINETES AQUÍ, LOS SAXOS A ESTE LADO...

OYE, QUE ESTE NO ME QUITA OJO...
¡ES BASTANTE MONO!

PERO SI SONRÍO VERÁ TODO LO QUE TENGO EN LOS DIENTES...

¿CHRISTINE?
AQUÍ.
¿JORDAN?
AQUÍ.
¿SAMUEL?
AQUÍ... LLÁMEME SAMMY.

¿RAINA?
AQUÍ.

VAYAMOS POR PARTES. ES HORA DE APRENDER A ENSAMBLAR LOS INSTRUMENTOS.
Y... ESTÁS EN SEXTO, ¿NO?

SÍ... ¿POR? ¿A QUÉ CURSO VAS TÚ?
A SÉPTIMO.

¿¿EN SERIO?? ¿SÉPTIMO?
¡GUAU! QUÉ ALUCINE.

BUENO, YA ESTÁ BIEN POR HOY. ¡PRACTICAD, POR FAVOR, ESTAS CINCO NOTAS EN CASA!

BUENO, EH... ADIÓS.

ADIÓS.

PERO ¿QUÉ TE PASA? ¡HOLA! ¿ME ESCUCHAS? ¡VAMOS, CUENTA! ¡EH, RAINA!
Guess
?

Esa misma noche

¡ !

JADEO
JADEO

¡AHORA TAMBIÉN ME DUELEN LAS MANOS!

En San Francisco, en verano hace frío y hay niebla... Pero en octubre suele lucir el sol.

Y como cada año, en el ambiente flotaba un cierto aire de optimismo.

Como si fuera a pasar algo bueno y emocionante.

EH, MAMÁ,
¿QUÉ EST...?

¡ARRIBA!

TERREMOTO.
TERREMOTO.

¡¡WILL!!
DROP
TATRAC BUM CACROC

¡¡WILL!! ¡¡NO TE QUEDES AHÍ PARADO!! ¡¡VEN ENSEGUIDA!!
TIDE
¿EH?
XEROX
AY, DIOS MÍO.
AY, DIOS MÍO.
Fue la primera vez que mi hermana me abrazó queriendo... y la única que la oí rezar.
Y tan rápido como había empezado...
BUUUMMMMMMMM...

... se acabó.
¡¡WILL!!
¿QUÉ?

MENOS MAL QUE LAS ESTANTERÍAS ESTÁN FIJADAS A LA PARED... SE TE PODRÍAN HABER CAÍDO ENCIMA, WILL.
AH.
¡¡DIOS MÍO!!

¿¿HABÉIS VISTO EL SUELO?? ¡SUBÍA Y BAJABA!
¡HABRÁ SUBIDO MÁS DE UN PALMO!

¡MAMÁ! ¡SE HAN CAÍDO ALGUNOS ARCHIVADORES!
¡CARAY!

AUNQUE PARECE QUE NO SE HA ROTO NADA.
PAPÁ AÚN ESTÁ EN EL TRABAJO. ESPERO QUE ESTÉ BIEN.
¡VAMOS, A PONER LAS NOTICIAS!

CLIC

SE HA IDO LA LUZ.
OH, ES VERDAD.

¡TODO EL MUNDO HA SALIDO A LA CALLE!
... 7,5 EN LA ESCALA RICHTER...
¡YO HE OÍDO QUE 8,2!
¿TODOS BIEN? ¿TU MARIDO TAMBIÉN?
SÍ, ACABA DE LLAMAR... ESTÁ DE CAMINO.
¿OS HABÉIS ENTERADO? ¡¡EL PUENTE DE LA BAHÍA SE HA VENIDO ABAJO!!
222

MAMÁ HA ENCONTRADO ALGUNAS PILAS QUE VALEN.

... DERRUMBE PARCIAL EN LA AUTOPISTA NIMITZ Y EL PUENTE DE LA BAHÍA EN SENTIDO OESTE... INCENDIOS EN EL PUERTO. PUEDE QUE HAYA MILES DE MUERTOS O HERIDOS...

RACA
TRACA
RACA
RACA TRACA

UNA RÉPLICA.

SERÁ MEJOR QUE SAQUEMOS LOS SACOS DE DORMIR... DORMIREMOS AQUÍ, EN LA SALA DE ESTAR, POR SI ACASO.
¡COMO DE ACAMPADA!

Dos horas después
¡AQUÍ ESTOY!
¡PAPÁ!

¡ME ALEGRO TANTO DE QUE ESTÉIS BIEN! ES UNA PESADILLA. HAY ATASCOS EN TODAS PARTES, HA CUNDIDO EL PÁNICO Y EL CAOS ES TOTAL. ¡EL EDIFICIO DE LAS TORRES DE LA AVENIDA 19 SE HA AGRIETADO Y PUEDE CAERSE!

MI AMIGO FRANK VIVE EN WATSONVILLE, DONDE SEGÚN HE OÍDO HA ESTADO EL EPICENTRO...
AÚN NO HA CONSEGUIDO HABLAR CON SU FAMILIA, POBRE.

¡LAS LÍNEAS ESTÁN TAN SATURADAS QUE CASI NADIE CONSIGUE LLAMAR!
¡Y LO PEOR DE TODO...

... ES QUE HAN TENIDO QUE POSPONER LA FINAL DE BÉISBOL!

QUÉ RARO SE ME HACE VER LA CIUDAD CON TODAS LAS LUCES APAGADAS...

HACE UNA NOCHE PRECIOSA: DESPEJADA, SIN FRÍO NI VIENTO, SERENA...

SI NO FUERA POR TODO ESTO DE LA "CATÁSTROFE NATURAL GIGANTESCA", LA DISFRUTARÍA Y TODO.

QUÉ RARO, SOLO SON LAS 8.30... DEMASIADO PRONTO PARA DORMIR.

SÍ, PERO NO HAY LUZ PARA HACER NADA MÁS, Y ES MEJOR NO MALGASTAR LAS PILAS DE LA LINTERNA, POR SI NOS HACEN FALTA **DE VERDAD.**

¡¡Piiiiiiiiiip!!

¡EL MICRO-ONDAS!
¡¡¡HA VUELTO LA LUZ!!!
00:00

Tuvimos suerte. Duró tres horas y media el corte de la corriente.
¡Clic!
¡¡¡LUUUUZ!!!
¡BIEN!

¡¡¡LA TELEEEE!!!
Clic

¡GUAU!
Hoy
FOX
CREÍA QUE SE HABÍA CAÍDO **TODO** EL PUENTE... NO ES PARA TANTO.

Aquel día no fuimos al colegio.

Pero tampoco fue muy divertido.

Y más tarde llovió. Mucho. Ya no hacía tiempo de terremoto.

¿El día siguiente?
Pues VUELTA AL COLEGIO.
x + 3 = 7
y + 6 = 11
x + y = ?
Dibujitos
Dibujitos

Aunque nadie se podía concentrar del todo... Ni siquiera la mayoría de los profesores.
TENDREMOS UNA HORA LIBRE. VAMOS A TOMÁRNOSLO CON CALMA HOY, ¿VALE?

¡ME ALEGRA VERTE!
¡Y A MÍ! IMAGÍNATE...

¿Y SI HUBIERA HABIDO UN TERREMOTO DURANTE LAS CLASES?
¡CATACRAC!

¿HACES ALGO... HOY, DESPUÉS DE CLASE?

VIENE A BUSCARME MI MADRE... TENGO HORA EN EL ORTODONCISTA.
¿POR?
AH... POR NADA.

¿IBA A PEDIRME QUE SALIÉRAMOS?

FIJO QUE IBA A PEDÍRMELO.
PARKING

QUÉ SUERTE QUE NO SE HAYA CAÍDO LA CONSULTA CON EL TERREMOTO, ¿EH?

SÍ, QUÉ BIEN NO VEAS...
Escarbar
Empujar

QUÉ AÑO MÁS RARO HAS TENIDO' ¿VERDAD?
SÍ.

DOS DIENTES ROTOS, APARATO EN LA BOCA, AGUJEROS EN LAS OREJAS...

SOBREVIVÍ A UN BUEN TERREMOTO...

SUPONGO QUE, VISTO ASÍ...

¡TAMPOCO SE ACABA EL MUNDO POR DOS DIENTES!

SUSPIRO.

CAPÍTULO CUATRO

A RAINA LE GUSTA UN ENANO DE SEXTO.
¡MELISSA!
¿QUÉ? ¿UN ENANO DE SEXTO?

¡¡A RAINA LE GUSTA UN ENANO DE SEXTO!!
¡KARIN!
¡CÁLLATE!

¡¡A RAINA LE GUSTA UN ENA... MMMFFF!!

¡LE GUSTO A UN ENANO DE SEXTO!

Días antes del Día de Acción de Gracias
BUENO, LA MALA NOTICIA ES QUE TUS DIENTES NO ACABAN DE RESPONDER AL TRATAMIENTO.

HEMOS INTENTADO COLOCAR LOS DOS DELANTEROS EN SU SITIO CON EL APARATO...

... PERO DESPUÉS DE VARIOS MESES NO PARECE QUE DÉ RESULTADO.

¿ENTONCES PARECERÉ UN VAMPIRO PARA SIEMPRE?

NO... ESA ES LA BUENA NOTICIA. ¡CREO QUE LO MEJOR SERÍA PONERTE UNA DENTADURA POSTIZA PROVISIONAL!
PRIMERO HABRÍA QUE HACER UNA SENCILLA EXTRACCIÓN.

"EXTRACCIÓN"... ¿EN EL SENTIDO DE SACAR?

BUENO... SÍ. AUNQUE TE HICIERON UNA ENDODONCIA EN LOS DIENTES FRONTALES, PARECE QUE NO "CUAJÓ".

LOS DOS FRONTALES ESTÁN FUNDIDOS CON LA MANDÍBULA; POR ESO NO SE MUEVEN CON LA ORTODONCIA.
AH.
SMILE
POWER!

¡EN RESUMEN, QUE VAMOS A SACARLOS Y A HACERTE UN PALADAR CON DOS DIENTES BRILLANTES Y PERFECTOS, PARA RELLENAR EL HUECO!

Es humillante que te vea llorar un médico..., pero a veces no puedes hacer nada para evitarlo.
SNIF

PERO ESO NO ES TODO.

RAINA, LO QUE QUEREMOS ES QUE TENGAS UNA DENTADURA COMPLETA Y SANA.
PROPONGO LO SIGUIENTE.

EL RESTO DE TUS DIENTES ESTÁN BIEN.

CON UN APARATO COMPLETO, LOS DEMÁS DIENTES DE ARRIBA SE PODRÍAN MOVER HACIA EL CENTRO.

TARDARÍAMOS UN PAR DE AÑOS, Y NO SERÍA ESTÉTICAMENTE PERFECTO, PERO CASI.
¿QUÉ TE PARECE?

¡¡¡BUAAAAAAAA!!!
MEJOR QUE LO HABLEMOS OTRO DÍA.

Lo más lógico era esperar a las vacaciones de invierno para sacarme los dientes. Así al menos no perdería clases en Navidad.

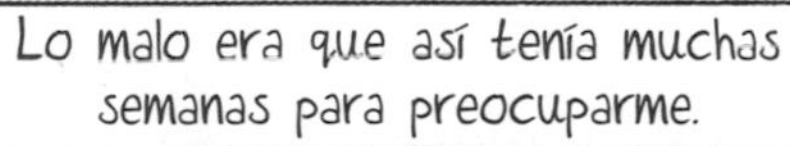

Hasta en clase de plástica me preocupaba, cuando siempre me había servido para evadirme.
RIIIIIIIP

¿SABES? MI PADRE ME LLEVÓ AYER A VER "LA SIRENITA". ESTUVO GENIAL.
¿AH, SÍ?

¡SÍ! TIENES QUE IR A VERLA.

BUENO... QUIZÁ VAYA.

MAÑANA LLEVARÉ A TU HERMANA Y A SU AMIGA A VER "LA SIRENITA", RAINA..., ¿TE APETECE VENIR?

SUPONGO.
PERO **SOLO** PORQUE EMILY DICE QUE ESTÁ BIEN.

QUÉ ROLLO. YA NO TENGO EDAD PARA DISNEY.
VOY A ODIAR ESTA PELÍCULA. SEGURO.
LA VOY A...
♫ I'll tell you a tale of the bottomless blue... ♫
SALIDA

La sirenita: 13.30

¡POR FIN SÉ QUÉ QUIERO SER DE MAYOR!
¿QUÉ?...

¡DIBUJANTE!
¡UNA SIRENA!

¿... Y LA PARTE CUANDO LA BRUJA DEL MAR SE CONVIERTE EN ESA CHICA? ¡AH, SÍ, YA ME ACUERDO! ¡QUÉ BUENA!

CHICAS, ¿HABLÁIS DE "LA SIRENITA", A QUE SÍ?

SÍ.
¿POR QUÉ? ¿TÚ LA HAS VISTO?

SÍ. ES BUENÍSIMA.

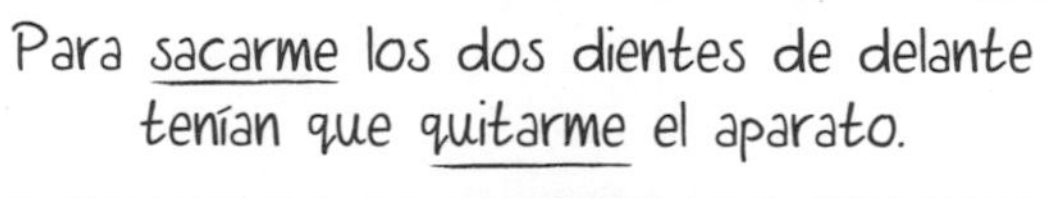
Para sacarme los dos dientes de delante tenían que quitarme el aparato.

¡YA ESTÁ!
QUÉ RARO, ¡Y QUÉ SUAVE!

LA MAYORÍA DE LA GENTE, CUANDO SE QUITA EL APARATO ES PORQUE YA TIENE LOS DIENTES PERFECTOS.

¡PERO NO ES TU CASO!

El último día de clase llegó y pasó.
¡FELIZ NAVIDAD!
GRACIAS... IGUALMENTE. FELICES FIESTAS.

Normalmente, el principio de las vacaciones de Navidad es uno de los momentos más divertidos y emocionantes del año.

Pero aquel año todo me recordaba lo que estaba a punto de pasarme.

¡UN PAQUETE DE LA ABUELA GAGNON!
¡OOH! ¿QUÉ ES?

¡TURRÓN DE ALMENDRA!

¡Felices fiestas!
de
La familia Telgemeier
Sue Denis
Will
Raina Amara

Justo antes de Navidad llegó el día tan temido.
BUENO, RAINA, PROCURA RELAJARTE.

TODO SALDRÁ BIEN.

SE TE PASARÁ VOLANDO.

INTENTA RELAJARTE...

¡MAMÁ! ¡EH, MAMÁ!
CAMAS ELÁSTICAS

¡MIRA, MAMÁ!

¡VOY A SALTAR!

¿ESTÁS MIRANDO, MAMÁ?

SÍ, RAINA, TE MIRO.
AS ELÁSTICAS

SALTO...

¡¡BOTE!!

¡CLACK!

!

¡¡MAMÁÁÁÁÁÁÁÁÁ!!
CAMAS ELÁSTICAS

¡MI DIENTE! ¡SE HA CAÍDO! ¿LO HAS VISTO? ¿SABES DÓNDE ESTÁ?

¡TODO EL MUNDO A BUSCAR EL DIENTE!

YO NO LO VEO.
¡QUIEN ENCUENTRE EL DIENTE PUEDE SALTAR CINCO MINUTOS MÁS!
NO, POR AQUÍ TAMPOCO.

HEMOS BUSCADO EN TODAS PARTES, CIELO. CREO QUE NO ESTÁ.
¡PERO LO NECESI-TO!

¿LO NECESITAS?
¿CÓMO VA A DEJARME DINERO EL RATONCITO PÉREZ SIN EL DIENTE?

SEGURO QUE EL RATONCITO PÉREZ VENDRÁ IGUALMENTE.

COMO ES MÁGICO, SABE QUE LO HAS PERDIDO EN LA FERIA.

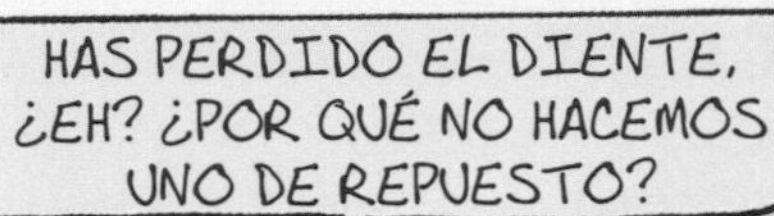
HAS PERDIDO EL DIENTE, ¿EH? ¿POR QUÉ NO HACEMOS UNO DE REPUESTO?

ESCRIBIREMOS TU NOMBRE PARA QUE EL RATONCITO SEPA QUE ES TU DIENTE.
?

TOMA.
¡¡TE LO HAS CARGADO!!
Raina

La mañana siguiente

¡¡MAMÁ!! ¡HA VENIDO! ¡EL RATONCITO PÉREZ!

"PARA RAINA, DEL RATONCITO PÉREZ."

HUM... ¿POR QUÉ SE PARECE TANTO SU LETRA A LA DE PAPÁ?
The Smurfs

Parpadeo

YA ESTÁ, RAINA. ¿CÓMO TE ENCUENTRAS?
Vida sana
BNN.

DÉJATE LA GASA TODA LA NOCHE, ¿VALE? SOLO COMIDA BLANDA Y PARACETAMOL, YA SABE...
GRACIAS, DOCTOR GOLDEN.

CONTINUAREMOS DENTRO DE UNA SEMANA.
MML.

DR. GOLDEN
¡FELIZ NAVIDAD!

¿QUIERES IRTE
A LA CAMA, CIELO?
Plom
NNNNNG.

¡LO ÚNICO QUE QUIERO
PARA NAVIDAD SON MIS
DIENTES!

222

Unos días después
¡YA ESTÁ TU NUEVO PALADAR!

¿ESTÁS LISTA?

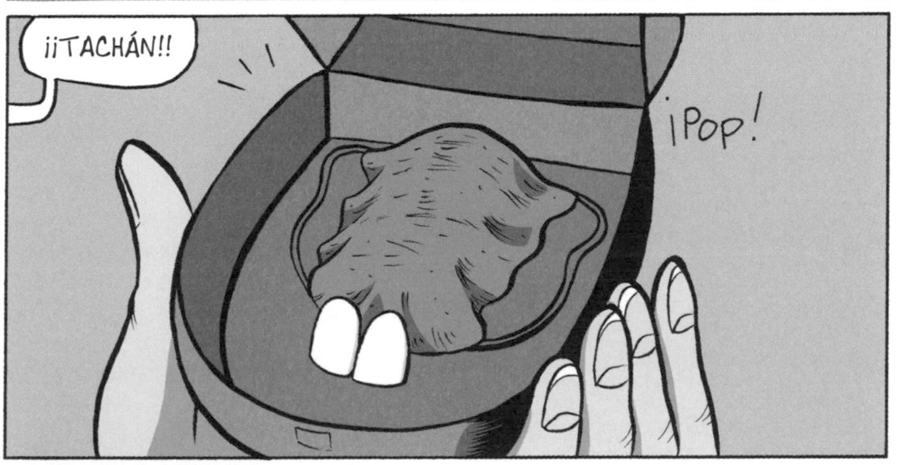
¡¡TACHÁN!!
¡Pop!

¡PRUÉBATELO!

LE QUEDAN BIEN, ¿EH?
¡GUAU!

PONLO CADA NOCHE EN REMOJO CON LIMPIADENTADURAS. TIENE QUE ESTAR SIEMPRE LIMPIO.

CUANDO TE HABITÚES, TE PONDREMOS EL APARATO NUEVO.
Mouth of the month

¡CON ESTE PALADAR SE ME VE TAN NORMAL, MAMÁ!
MUY NORMAL.

ZAS
RAC
CLIC
CLOC
ÑACA

¡ENSÉÑANOS TUS DIENTES NUEVOS!
¡ESO!

VALE.

¡MOLA!
¡NO SE VE QUE SON FALSOS!
¡GUAU!
¡SON TOTALES!
¡GUAY!

¡¡¡AAAAAAAAAHH!!!
Clec

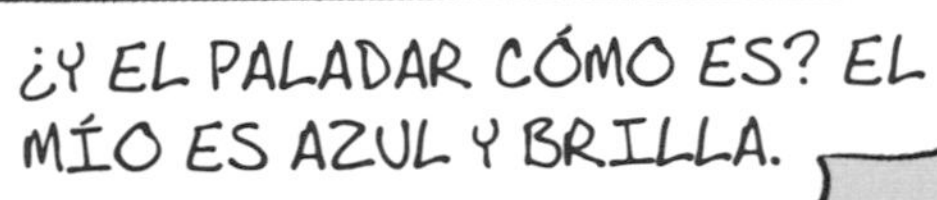

EN EL MÍO HAY UNA FOTO DE JOE MCINTYRE.*

* ¡DE NEW KIDS ON THE BLOCK!

Aptos Middle School

CAPÍTULO CINCO

SE LLAMA SEAN. ES NUEVO. VINO DE OTRO COLEGIO HACE UNOS MESES.
JUEGA EN EL EQUIPO DE BALONCESTO, Y DIBUJA ESTUPENDAMENTE.
123 ART
ESTOY CASI SEGURA DE QUE NO TIENE NOVIA... ¡TENGO QUE AVERIGUARLO!
¡OH! EH... JE, JE... ¡HOLA!
HOLA
¡UF, QUÉ VERGÜENZA! ME HE PUESTO ROJA COMO UN TOMATE.
¡OJALÁ SE HAYA DADO CUENTA!
¡HOLA, RAINA!

¡AH! ESTO...
HOLA, SAMMY.
¿QUÉ TAL? ¿A CLASE DE MATES?

MMM... SÍ.
CLARO.
NOS VEMOS EN BANDA, ¿VALE?

¿QUÉ TAL EL ENANO DE TU NOVIO?

NO ES MI NOVIO, MELISSA.
¿NO? ¿QUÉ HA PASADO?

NO SÉ. CREO..., CREO QUE ME GUSTA OTRO.
¿QUIÉN?

SEAN.
¿EL DEL EQUIPO DE BALON-CESTO?

¡SÍ!
¡ES MONO! ¡OYE, FALTA POCO PARA SAN VALENTÍN! ¿POR QUÉ NO LE PROPONES SALIR?

¿QUÉ? ¿¿YO??
¡CLARO! ¡INVÍTALO A BAILAR, O ALGO!

¡NO LO HARÍA NUNCA!
¿POR QUÉ?

QUIERO QUE ME LO PIDA ÉL.
AHHHHH...

Una semana después
¡¡BUEEEEEENO!! QUÉ, ¿IRÉIS AL BAILE DE SAN VALENTÍN?

DI QUE SÍ, DI QUE SÍ, DI QUE SÍ, DI QUE SÍ...
NO SÉ.

¡¡VAYA!!

¡EH, RAINA! ¿IRÁS AL BAILE DE SAN VALENTÍN?

NO LO SÉ.

¿QUÉ TE PASA?

SE ME HA METIDO COMIDA DEBAJO DEL PALADAR... NNNNGG... QUÉ RARO ES. ¡UF!

PUES QUÍTATELO.
¡NO PUEDO! LLEVA LOS DIENTES PEGADOS.

¡NO PIENSO QUITARME LOS DIENTES DELANTE DE TODO EL MUNDO!

ASH
¡POP!

GSHHHHHHHHHHHHHHH

SLRRRRRP

Stup

MUCHO MEJOR.
¡Clinc!

ME HE ENTERADO POR STEVE: SEGURO QUE SEAN NO IRÁ AL BAILE MAÑANA.
¡¡OH, NO!!

¡PERO TÚ SÍ DEBERÍAS IR! SERÁ DIVERTIDO. ESTAREMOS TODAS: KELLI, KARIN, EMILY, NICOLE, YO... TAMBIÉN IRÁN KAYLAH Y JUAN...
BUENO... **QUIZÁ** VAYA...

Al día siguiente
OYE... TE VEO LUEGO EN EL BAILE, ¿NO?
SÍ... SUPONGO, SAMMY.

BIEN, PORQUE QUIERO DARTE ALGO.

¡¡HASTA LUEGO!!

QUÉ MAL ME SIENTO.

Luego

¿POR QUÉ TENGO GANAS
COMO DE VOMITAR?

UMBUMBABUMBUMBUM
SALIDA
BAILE DE
SAN VALENTÍN
16:00-18:00

BUMBUMBABUMBUMBUM
SALIDA
BAILE DE
SAN VALENTÍN
16:00-18:00

BUMBUMBABUMBUMBUM
CAFETER
SALIDA
BAILE DE SAN VALENTÍN
16:00-18:00

HOLA.
¡CIELO, QUÉ PRONTO LLEGAS!

SÍ, ES QUE NO HE IDO AL BAILE. NO ME ENCONTRABA BIEN.
AH, BUENO. SIÉNTATE Y DESCANSA, CARIÑO.

¡AUNQUE DE REPENTE ME SIENTO UN POCO MEJOR!

¡PUES EL BAILE FUE MUY DIVERTIDO! DEBERÍAS HABER IDO.
EHHHH... BUENO.
Boh

AHORA, QUE TU NOVIETE ESTUVO MÁS SOLO QUE LA UNA TODO EL TIEMPO.
¡AAAAH! ¿LO DICES EN SERIO? LE DIJE QUE IRÍA.

SEGURO QUE ESTÁ SUPERENFADADO... ESPERO QUE NO.

BAND!

HOLA.

HOLA. ¿DÓNDE ESTUVISTE AYER?
EEH... ME FUI A CASA. ME ENCONTRABA MAL.

AH.

BUENO, DA IGUAL. ESTO ES PARA TI.

LUEGO LO ABRO.
ZAS

MIRA... DA IGUAL, ¿VALE?

DA IGUAL, DE VERDAD.

Más tarde
BUENO... A VER QUÉ HAY DENTRO DE LA BOLSA...
LGREENS DRUG

Para: Raina
De: Sammy
¡Feliz Día de San Valentín!

Chocolate
WALGREEN DRUG

¡LA ETIQUETA CON EL PRECIO!
Chocolate
2.99

Desde entonces, Sammy dejó de hablar conmigo.
Supongo que me lo merecía....
Aunque yo tenía otras cosas en las que pensar...
¡Y más!
¡TIENE TODO MUY BUENA PINTA! ¡PRONTO PODREMOS PONERTE OTRA VEZ EL APARATO!
¿¿QUÉ??

¡UNA DIENTES DE HIERRO! DENTRO DE DOS SEMANAS VOLVERÉ A SERLO.

O SEA, QUE VOLVERÉ A PARECER UNA EMPOLLONA.

QUÉ INJUSTICIA. JUSTO CUANDO ME HABÍAN PUESTO EL PALADAR, JUSTO CUANDO VEÍA QUE ERA GUAY...

¡Y AHORA VUELVO AL PUNTO DE PARTIDA!

LA VERDAD, SIEMPRE HAS PARECIDO UNA EMPOLLONA.
SÍ. "GUAY" NO ES EL ADJETIVO QUE MEJOR TE DEFINE.

¡QUÉ FALTA DE SENSIBILIDAD! ¿CÓMO PODÉIS DECIR ESAS COSAS, CHICAS?
EH, ESTA TE LA HAS BUSCADO.

UN MOMENTO, QUE LO DE EMPOLLONA LO HAS DICHO TÚ, NO YO.
¿QUIÉN ES EMPOLLONA?

NADIE.
¡¡AH, ENTONCES ERES **NADIE**!!
¿QUÉ TIENE DE NUEVO?

¿Y A ESTA QUÉ LE PASA?
UN ATAQUE DE INFANTILISMO.

Total...
Hurgar
RASCAR
Empujar
HURGAR
ESTIRAR
hurgar

RETORCER
sndp
APRETAR
EMPUJAR

¡AQUÍ ESTÁ!

A VER, CIELO.

DUELE SONREÍR.

HOLA, CARIÑO...
¿QUÉ HACES?

APLASTARME LA CARA CON LOS COJINES.

ES LO ÚNICO QUE ME ALIVIA EL DOLOR DE DIENTES.
A CENAR...

PERO SI HACE UN AÑO SE TE CAYERON DEL TODO... Y EN NAVIDAD VOLVIERON A SACÁRTELOS. ¿CÓMO PUEDE SER MUCHO PEOR EL APARATO?
Jell-O

EN COMPARACIÓN CON EL DOLOR DE AHORA, ESO NO FUE NADA.

Al día siguiente

¡AY, NECESITO PENSAR EN OTRA COSA QUE EN LOS DIENTES!

EL ATAQUE A PEARL HARBOR HIZO QUE LAS FUERZAS ARMADAS DE ESTADOS UNIDOS... BLA BLA BLA...

¡¡¡ !!!

Días después, el aparato dejó de doler.
¡VUELVO A MASTICAR PAN, MÁS O MENOS!

Pero...
EL JUEVES POR LA TARDE TIENES HORA CON EL DOCTOR DRAGONI, CIELO.
OOOHH...

Tengo que ir cada dos semanas y me los aprietan un poco más.
380
101
SF Int. Aeropuerto
Salida 1.500 m
EMPIEZO A ODIAR DE VERDAD ESTA SALIDA.

Y entonces vuelta a empezar.
ABRE...

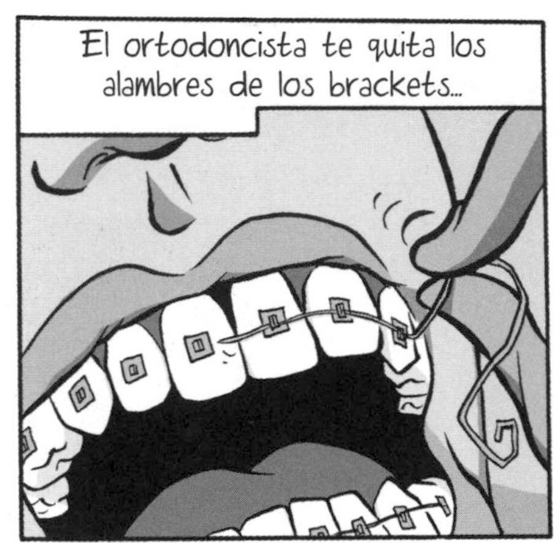
El ortodoncista te quita los alambres de los brackets...

...y te pone otros.
Retorcer
Estirar

Y luego **LOS APRIETA.**
¡GIRAR!
¡GIRAR!
¡GIRAR!

Se cortan las puntas de los alambres...
¡Clic!

¡HASTA DENTRO DE DOS SEMANAS!

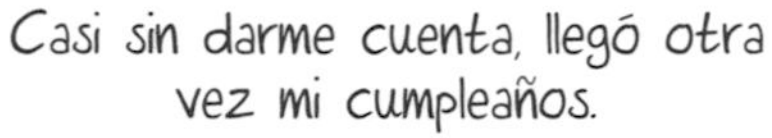
Casi sin darme cuenta, llegó otra vez mi cumpleaños.

BUENO, YA TIENES TRECE AÑOS.
YA. ¡NO ME LO CREO!

VA SIENDO HORA DE QUE BESES A UN CHICO.
¡¿EH?!

VENGA, RAINA, TODO EL MUNDO SABE QUE ESTÁS LOCA POR SEAN...
¡MENOS SEAN!

ES HORA DE TOMAR LA INICIATIVA. TIENES QUE IMPRESIONARLO.

¡HORA DE CAMBIAR DE LOOK!
¡AAAH! ¡UN MOMENTO! ¡¡TRANQUILAS!!
CABOODLE
ZACA

¿SABES DEPILARTE LAS PIERNAS?
MMM... SÍ.
BIEN. ¿HASTA DÓNDE LLEGA LA FALDA MÁS CORTA QUE TIENES?

Y TIENES QUE EMPEZAR A PONERTE LACA EN EL "FLEQUILLO".
NICOLE, ¿A QUÉ VIENE TODO ESTO?

SI QUIERES QUE SEAN SE FIJE EN TI, TIENES QUE CAMBIAR TU ASPECTO.

¿Y TÚ CÓMO LO SABES, DIME, A VER?
ME LO HA DICHO.

¿TE LO HA DICHO SEAN? ¿ESO QUIERE DECIR QUE HABÉIS HABLADO DE QUÉ TIPO DE CHICAS LE GUSTAN? ¿ESO SIGNIFICA...

... QUE LE HAS HABLADO DE MÍ?

SÍ.

GUAU. MMM. SUPONGO QUE SI HA DICHO QUE LE GUSTAN ASÍ...

TAMBIÉN LE GUSTAN LOS TOPS CEÑIDOS.
Y LAS MEDIAS DE RED.
Y LAS PULSERAS. MUCHAS PULSERAS.
Y LOS PIERCINGS EN LA NARIZ.
¡Y LAS BOTAS DE TACÓN!

Al final...
¡YA ESTÁ! ¡A SEAN LE VA A ENCANTAR!

PPPFFFFTTT

JA JA JA
JA JA JA
JA JA JA
¡EH! UN MOMEEEENTO...
JA JA
JA JA
JA JA JA
JA JA JA
JA JA
JA JA JA JA
JA JA JA
JA JA

TODO ESO DE QUE TE LO DIJO SEAN ES MENTIRA, ¿NO?
SÍ.

TE ESTÁBAMOS TOMANDO EL PELO.
DEBES RECONOCER QUE HA TENIDO SU GRACIA.

PERO CHICAS, ¿Y SI ME LO HUBIERA CREÍDO? ¿Y SI HUBIERA IDO AL COLEGIO CON ESAS PINTAS?
ENTONCES NO HABRÍA TENIDO TANTA GRACIA.

¡¡HABRÍA SIDO TRONCHANTE!!

TE LO TOMAS TODO DEMASIADO EN SERIO, RAINA.

TIENES QUE SOLTARTE UN POCO. ¡APRENDER A REÍRTE!

¡¡NO SEAS TAN RÍGIDA!!
¡EMPUJÓN!

Más tarde
Apretar
Apretar
Apretar
¡¡PARA ELLA ES FÁCIL DECIRLO!!

¿Y SI FUERA VERDAD? ¿Y SI VISTIENDO DE UNA FORMA DIFERENTE SEAN SE FIJARA EN MÍ?

¿ESTARÍA DISPUESTA A CAMBIAR SOLO POR ÉL?

220
222

DE MOMENTO, SER ADOLESCENTE NO TIENE NINGUNA GRACIA.

CAPÍTULO SEIS

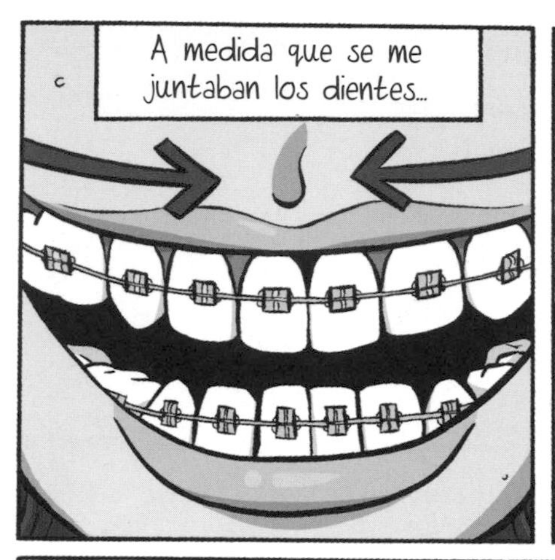
A medida que se me juntaban los dientes...

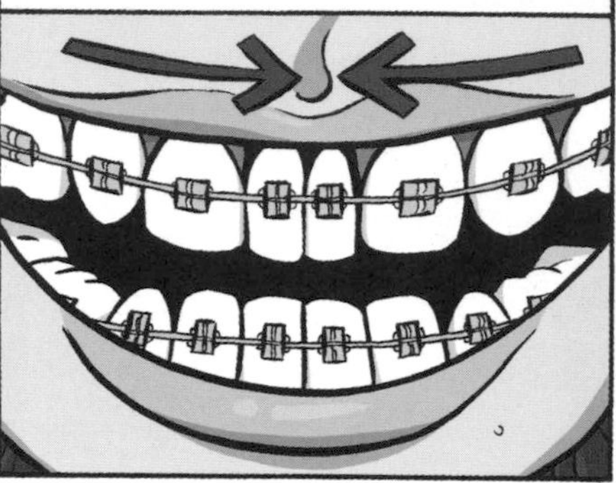
los falsos, los del hueco, se fueron desgastando.

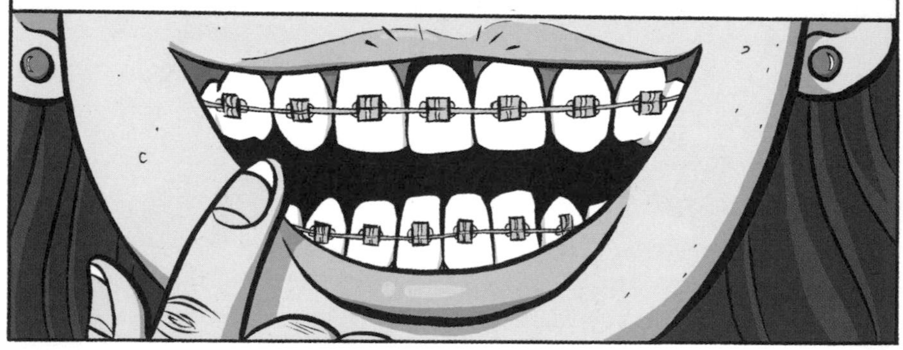
A principios de octavo solo quedaba uno de los dos.

Esperaba que nadie se diera cuenta.
CHICA, TIENES QUE CAMBIAR DE SUAVIZANTE.
ESA CAMISETA LA TIENE MI HERMANO... ES DE CHICO.
ESPRIT

Octavo era un curso raro. Todas pasábamos por la pubertad, cada cual a su ritmo.
Pelo rizado de repente
Más alta, más caderas
Pechos enormes
Acné
Triste

Estábamos todas muy preocupadas.
PELO
ROPA
GRANOS
MAQUI-LLAJE
RÉGIMEN
ETC.
¿QUÉ FUE DE NUESTRAS CONVERSACIONES SOBRE DIBUJOS ANIMADOS?

Aunque los chicos parecían darse cuenta, y actuaban de acuerdo a la situación.
¡WIIIII-PING!

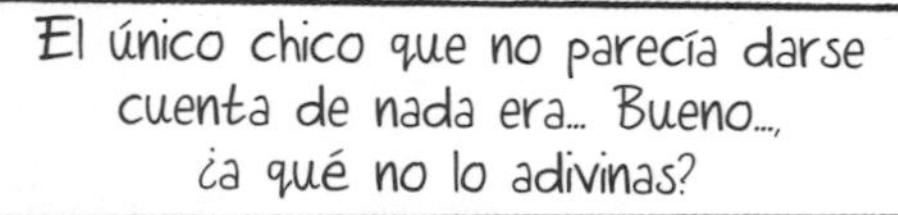
El único chico que no parecía darse cuenta de nada era... Bueno..., ¿a qué no lo adivinas?

SEAN NUNCA SE FIJARÁ EN TI. NO PIENSA MÁS QUE EN EL BALONCESTO.

NO LE INTERESA OTRA COSA QUE NO SEAN TRIPLES, O MICHAEL JORDAN.

Equipo de baloncesto femenino
DÍA DE PRUEBAS

¿QUIERES HACER PRUEBAS PARA EL EQUIPO? VALE. HAZ 25 FLEXIONES.

...12 ... 13 ... 14 ...

PUMBA
PUMBA
PUMBA

¡CLANG!

WHHHSSHHHH

UF, CREO QUE LO ESTOY HACIENDO... UF... ¡MUY BIEN!

VESTUARIO DE CHICOS
APTOS TIGERS
¡ARRIBA!
VESTUARIO DE CHICAS

JO, HA SIDO DURO. ESTOY REVENTADA.

VESTUARIO DE CHICOS

HOLA.

¡MATE!
VESTUARIO

Equipo de baloncesto femenino 1990-1991

1. Charmaign Lopez
2. Kiki Green
3. Shauna Chang
4. Elizabeth Wong
5. Rita Begonia
6. Esther Mendoza
7. Cherise Campbell
8. Tania Benz-Ortiz
9. Shantale Marie Evans
10. Yasmin Gutierrez
11. Silvia Armando
12. Letty Peng

Suplentes: Sharita Johnson, Ellen Grace, Louisa Lee, Ai Suzuki, Candace O'Brien

BUENO, ¿QUÉ TAL EL COLEGIO HOY?

BIEN... HE HECHO UNA PRUEBA PARA EL EQUIPO DE BALONCESTO, PERO... NO ME HAN ELEGIDO.

¡BALONCESTO! OH, VAYA... ¿DESDE CUÁNDO TE INTERESAN LOS DEPORTES? QUIZÁ SEA UNA SUERTE QUE NO HAYAS ENTRADO EN EL EQUIPO.

¡EL BALONCESTO PODRÍA SER DEMASIADO PELIGROSO!
¿POR...?

¡SE TE PODRÍAN ROMPER OTRA VEZ LOS DIENTES!

¡DEBERÍAS HACERLE UN DIBUJO! SE TE DA BIEN EL ARTE.

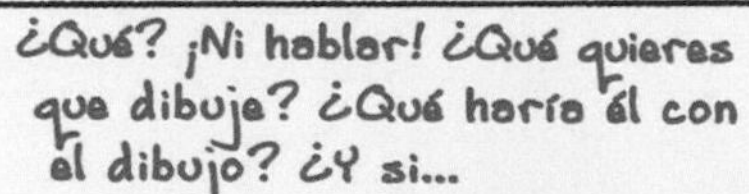

¡SEÑOR FISCHETTI, NO ES LO QUE PARECE! POR FAVOR, NO, POR FAVOR...

BLA BLA BLA, BLA BLA, BALONCESTO... BLA BLA BLA, BLA BLA, DIBUJO... BLA BLA BLA, SEAN..., BLA BLA

¡¿QUIÉN ES SEAN?!
¡¡¡AHHHHHHHH!!!
BODY GLOVE

Ja Ja Ja Ja Ja Ja Ja
BUENO... ¿NO QUERÍAS QUE SE FIJARAN EN TI?

... EN ADELANTE, SEÑORITA TELGEMEIER, NO PASE NOTAS EN MIS CLASES, POR FAVOR. LO MISMO LE DIGO, SEÑORITA MELISSA.

¡NO ME LO PUEDO CREER! ¡¡HE PASADO UNA VERGÜEEEENZA!!
BUENO... AL MENOS SEAN NO ESTÁ CON NOSOTRAS EN CLASE DEL SEÑOR F.
¡crunch!

¡PERO AHORA TODOS SABEN QUE ME GUSTA! ¿Y SI YA SE LO ESTÁ CONTANDO ALGUIEN?

MMM... ¿Y SI A NADIE LE IMPORTA?

PUES SERÍA UN ASCO, LA VERDAD.

Lo mío por Sean no era nuevo para nadie, pero seguía ocupando gran parte de mis pensamientos.
15... 36... SEAN...

Sin embargo, empezaba a pasar algo interesante.
¡EH, RAINA!

HOLA, KAYLAH. HOLA, EDWARD.
¿TE VIENES A COMER?
ORDENA TU ANUARIO
Antes del 27 de mayo
SÍ, UN MOMENTO.

Algunas de mis amigas tenían una especie de novio.

Chicos que se quedaban con nosotras a la hora de comer...

...y que invitaban a sus amigos a unirse al grupo.

Casi ninguno de ellos era muy mono, y eran todos bastante críos.
ESPERA. ¿QUÉ HAY EN MI BOCADILLO DE MANTEQUILLA DE CACAHUETE?

¡AAAAAH! ¡¡UNA ARAÑA!!
¡¡AYYYY!!
de goma

¡Pero estaban bien para aprender a coquetear!
¡EMPUJÓN!

Puede que algunos de ellos me gustaran, y que yo les gustara a algunos... Tampoco tenía mucha importancia.

Ninguno de ellos era Sean.

Pero eran buenos dando pistas para los videojuegos.

Y no me aburrían con mi ropa, mi pelo...

Y estaban dispuestos a hablar de temas de verdad importantes.

¡EL INSTITUTO! PARECE MENTIRA QUE FALTE UN MES PARA ACABAR OCTAVO.
YA VES...

DAMAS Y CABALLEROS, LOS ESPERO EN MI CASA ESTE FIN DE SEMANA PARA LA MEJOR FIESTA DE FIN DE CURSO DE LA HISTORIA.
¡VAYA!
¡GRACIAS, JUAN!

Ahora que tenía amigos chicos, las fiestas planteaban un pequeño problema.
¡EH, CHICOS! ¿QUIÉN QUIERE JUGAR A LA BOTELLA?

¡Glups!

Total...
¡ME TOCA!
¡DALE, JUAN!
AYDIOSAYDIOS AYDIOS...

¡¡Nicole!!
¡¡AHH HH!!

¡¡¡JAAAJA!!!
¡Mua!

¡PUAAAJ!
¡QUÉ ASCO! ¡BEEE!
¡Puaj!
¡Puaj!

¡TE TOCA, JENNY!
¡JE, JE!

¡TE TOCA BESAR A ANDREW!
¡¡JA, JA, JA!!
PUAJ, QUÉ ASCO.
¡EH!

¡VENGA, RAINA, TE TOCA! ¡HAZ GIRAR LA BOTELLA!

CREO QUE PASO.
¿EH?

NO ENTIENDO... ¿POR QUÉ NO HAS QUERIDO HACER GIRAR LA BOTELLA?

YA HAS VISTO A LOS DEMÁS. LOS QUE TENÍAN QUE DAR UN BESO LUEGO GRITABAN "PUAJ" Y "QUÉ ASCO".
Ñam, Ñam

NO QUIERO QUE UN CHICO SE PONGA A GRITAR QUE LE REPUGNA DARME UN BESO.

ADEMÁS...

¿POR QUÉ IBA A QUERER QUE MI PRIMER BESO FUERA CON UNO DE ESOS? ¡SON TODOS UNOS IDIOTAS!
DADES
ADUADOS

LA VERDAD... QUIERO QUE MI PRIMER BESO SEA **PERFECTO.**

EL CHICO PERFECTO, EL SITIO PERFECTO, LA CANCIÓN PERFECTA.

PERO CUANDO IMAGINO TODO ESO, TAMBIÉN ME VEO A MÍ PERFECTA.
Pelo
Piel
Dientes
Cuerpo

¡Y DUDO MUCHO QUE ESO OCURRA PRONTO!

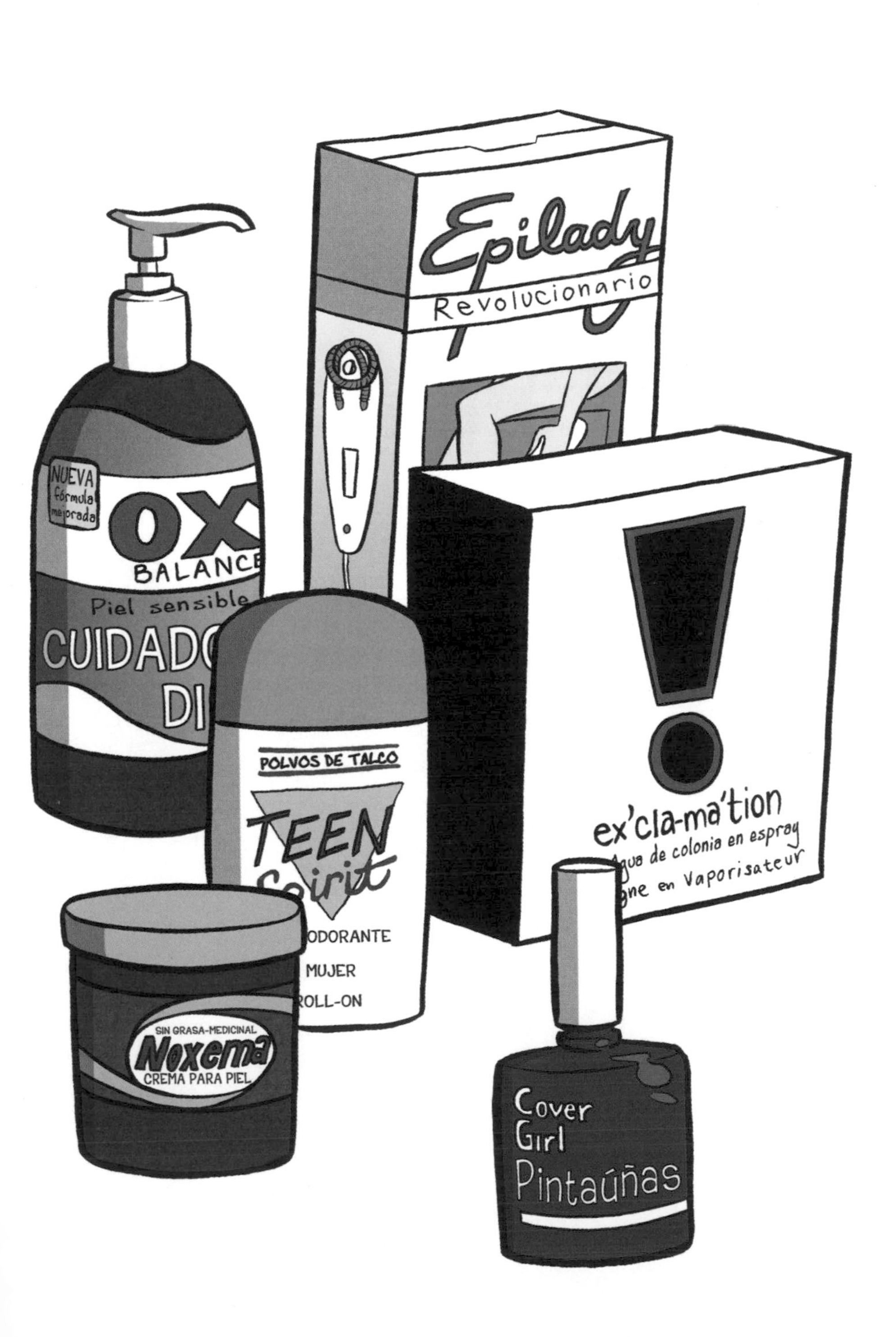
Epilady
Revolucionario
NUEVA
fórmula
mejorada
OX
BALANCE
Piel sensible
POLVOS DE TALCO
TEEN
MUJER
ROLL-ON
ex'cla-ma'tion
de colonia en espray
en Vaporisateur
SIN GRASA-MEDICINAL
Noxema
CREMA PARA PIEL
Cover
Girl
Pintaúñas

¡OH! MUY BUENAS NOTICIAS.

LOS DIENTES DE ARRIBA SE ESTÁN JUNTANDO MUY BIEN.

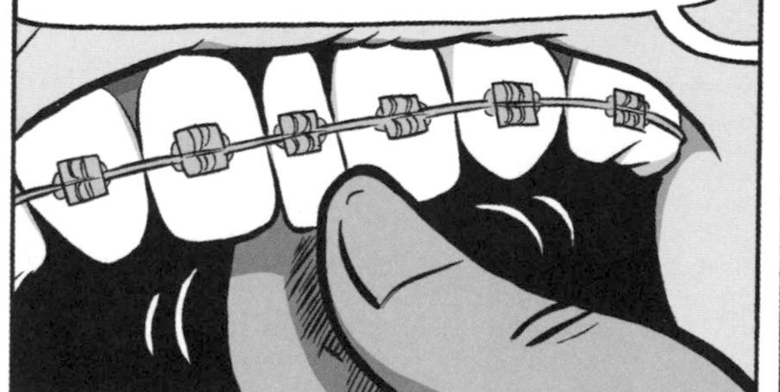
PRONTO PODREMOS QUITAR DEL CENTRO ESTE PEQUEÑO DIENTE FALSO Y CEMENTAR LOS NUEVOS DIENTES DE DELANTE PARA QUE SE VEAN NORMALES.

AUNQUE LAS ENCÍAS ESTÁN BASTANTE MAL...

PEDIREMOS CITA CON EL PERIODONCISTA. QUIZÁ LO PUEDA RESOLVER.

NO TENÍA NI IDEA DE QUE HUBIERA TANTOS TIPOS DE "DONCISTAS".

Una semana después, en el periodoncista
¡SÍ, TIENES LAS ENCÍAS ESTROPEADAS!

¡LO PRIMERO QUE HAY QUE HACER ES UN RASPADO!
¿UN QUÉ?
¡LIMPIAR A FONDO!
¡CLIN!

Una inyección de novocaína y, unos minutos después...
RASCAR
REMOVER
¡UF! ¡CUÁNTA SANGRE! ¡GASA, POR FAVOR! ¡¡NO TE MUEVAS, QUE LO EMPEORAS AÚN MÁS!!

¡Fue el peor dolor que he tenido en mi vida!
¡¡¡ !!!
¿NO PODRÍAMOS DARLE PARACETAMOL, O ALGO?

TODO... DA VUELTAS...
VAMOS, YA ESTÁ.
¡Morados!
¡Azul y negro!
¡Sangre!
¡FLOP!
¡PUM!

¿HE VOMITADO?
NO...
TOMA, UN POCO DE AGUA...
¿QUÉ HA PASADO, DOCTOR?
BUENO, LE HEMOS HECHO UNA LIMPIEZA A FONDO DE LAS ENCÍAS, Y SUPONGO QUE NO HEMOS ESPERADO SUFICIENTE A QUE LA NOVOCAÍNA HICIERA EFECTO; PODRÍAMOS HABERLE DADO GAS HILARANTE, PERO NO NOS HA PARECIDO QUE NECESITARA...
¿¿QUÉ??

¡¿Y NO SE LES OCURRIÓ PREGUNTARME ANTES SI ME PARECÍA BIEN?!
!

MAMÁ, POR FAVOR, TE VAN A OÍR LOS OTROS PACIENTES...
¡ME DA IGUAL! ¡MI HIJA SE ACABA DE DESMAYAR POR CULPA DE SU NEGLIGENCIA!

VÁMONOS, RAINA... Y AQUÍ NO VOLVEMOS.

¡¡¡HAS ESTADO INCREÍBLE, MAMÁ!!!

Aptos
Curso 1991
Ceremonia de Graduación
12 de junio, 10:00 a.m.
Auditorio de la Escuela Intermedia Aptos
Hi-C
ECTO COOLER
Drink Boxes
25¢

DE MODO QUE, CUANDO CRUCÉIS POR ÚLTIMA VEZ LA PUERTA DE LA ESCUELA INTERMEDIA APTOS, RECORDAD SIEMPRE LO QUE HABÉIS APRENDIDO, EN LAS PERSONAS EN LAS QUE OS HABÉIS CONVERTIDO Y LOS AMIGOS QUE HABÉIS HECHO EN EL CAMINO...
APTOS

OYE... ¿IRÁS MAÑANA A LA FIESTA DE MATT?
¿MATT HACE UNA FIESTA?

¡SONREID, POR FAVOR!

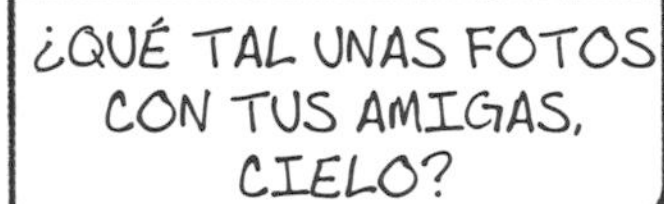
¿QUÉ TAL UNAS FOTOS CON TUS AMIGAS, CIELO?

NO, PAPÁ. NO HACE FALTA.

NO ES QUE SEAN MUY SENTIMENTALES.

En verano fui monitora de campamento de las scouts por última vez.

También me senté entre mis hermanos durante un par de viajes largos en coche.
¡¡MAMÁ!! ¡WILL ME ESTÁ TOCANDO EL PIE!

¡Y vi aparecer mis dos "nuevos" dientes de delante!
MIRA, HE QUITADO EL DIENTECITO DE PLÁSTICO DEL CENTRO DE TU BOCA...
... PORQUE AHORA LOS DEMÁS YA ESTÁN MUY JUNTOS.
¡FANTÁSTICO!
VAMOS A CEMENTAR LOS DOS DELANTEROS PARA QUE PAREZCAN DE TAMAÑO NORMAL, Y DAR ALGO DE FORMA A LOS DE AL LADO.
Y ESO VA A DOLER, ¿VERDAD?

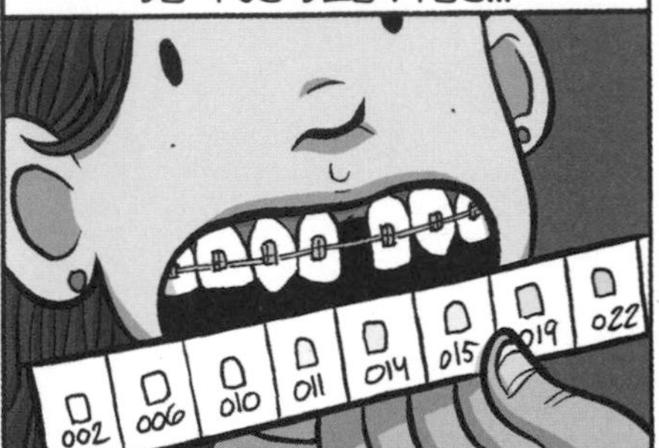
"¡PUES LA VERDAD ES QUE NO! EL DENTISTA IGUALA EL COLOR DEL ADHESIVO CON EL DE TUS DIENTES..."
002
006
010
011
014
015
019
022

"...LO APLICA EN FORMA LÍQUIDA A LA DENTADURA..."
SQUIRT

"...LUEGO FIJA EL LÍQUIDO CON UNA LUZ ESPECIAL..."
BZZZZZZZZZZ

"...Y USA UN PEQUEÑO INSTRUMENTO QUE ZUMBA PARA DAR FORMA AL ADHESIVO Y ALISARLO."

¿QUÉ TE PARECE? NO ESTÁ MAL, ¿EH?

LA VERDAD ES QUE SE VEN... BASTANTE BIEN.
¡ME ALEGRO!

PERO RECUERDA: AUNQUE PAREZCAN NORMALES, AÚN NO PUEDES EMPEZAR A COMER MAZORCAS DE MAÍZ Y CARAMELOS DUROS.
YA, YA LO SÉ.

¡Jersey turquesa de cuello alto!
¡Chaqueta estilosa de punto!
¡Calcetines a juego con el jersey!
¡Zapatos negros con cordones gruesos!
¡Vaqueros desteñidos!
¡Chisme para el pelo!
¡Pendientes flipantes!
¡Mochila gigante!
¡Dientes casi normales!

¡¡LISTA PARA EL INSTITUTO!!

¡ADIÓS, CIELO! ¡PERO QUÉ MAYOR ERES! PARECE MENTIRA...
AY, MAMÁ...

¡AH, HOLA, MELISSA!
HOLA.

QUÉ PENA QUE NO VAYAMOS AL MISMO INSTITUTO.
NO TE PREOCUPES.

¿Y TÚ NO ESTÁS NERVIOSA? ¿NI UN POQUITO?
QUÉ VA.

¡AY, SI ES MI PARADA! ¡HASTA LUEGO!
CHAO... ¡OYE, RAINA!

¡NO TE OLVIDES DE SONREÍR!

NERVIOS, NERVIOS,
NERVIOS, NERVIOS...

NERVIOS, NERVIOS,
NERVIOS, NERVIOS...

¡GUAU!

ESTO ES ALUCINANTE.

COLEGIO NUEVO, PROFESORES NUEVOS, AMIGOS NUEVOS, CHICOS NUEVOS...

¡PUEDE SER MI OPORTUNIDAD PARA EMPEZAR DE CERO! ¡UNA RAINA NUEVA Y SEGURA DE SÍ MISMA! ¡OTRO CAPÍTULO DE MI VIDA!

¡RAINA! ¡AQUÍ!

HOLA, EMILY. HOLA, ANDREW, KARIN, JUAN, KAYLAH, EDWARD, NICOLE... Y UNO QUE NO CONOZCO.
ES MATT W.
HOLA.

¿QUÉ TAL EL VERANO?
NORMAL.
¿EN SERIO?

¡PUES EL MÍO HA SIDO LA BOMBA! ESTUVIMOS POR TODA LA CIUDAD CON JEN Y ANDREW. ¡CÓMO NOS DIVERTIMOS!
SÍ, ¿TE ACUERDAS DEL EMBARCADERO?
¡UF! ¡NO HABLES DE ESO!
AH, ¿Y CUANDO TODOS VIMOS EN MI CASA "PESADILLA EN ELM STREET"?
¡JA, JA, JA!

Luego
¡RAINA! ¿QUÉ TAL EL PRIMER DÍA EN EL INSTITUTO?
EXACTAMENTE IGUAL.
¿HAY PATATAS FRITAS?

ICH BIN FRAU CHAN. WIE HEISST DU? ¿RAINA?
ICH HEISSE "RAINA".
Ich heiße
Du heißt
SEHR GUT

PARA EL LUNES QUIERO UNA REDACCIÓN DE DIEZ PÁGINAS A DOBLE ESPACIO SOBRE "GRANDES ESPERANZAS"
¡SOLO TENGO CUATRO DÍAS!

AQUÍ HAY TEXTO PARA LEER DONDE SE EXPLICA A FONDO EL CONTEXTO SOCIAL DEL SECTOR CAFETERO EN COLOMBIA EN LOS AÑOS CUARENTA...

¡A ESTE PASO, NECESITARÉ APARATO TAMBIÉN PARA LA ESPALDA!

La siguiente fase de mi tratamiento de ortodoncia fue bastante entretenida. Su objetivo era corregir mi

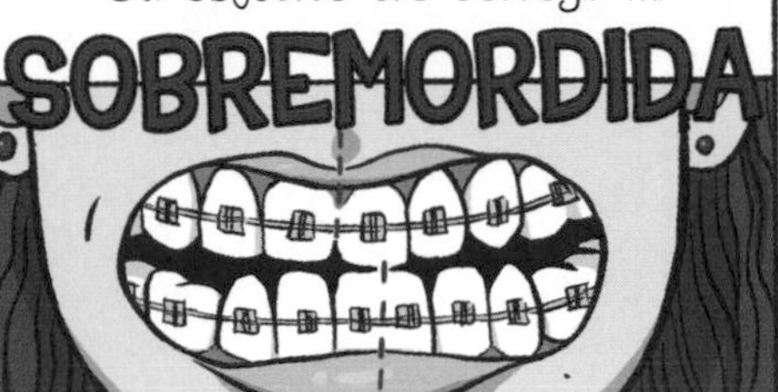

(Que es cuando no se alinean las mandíbulas superior e inferior.)

Para arreglarlo, se fijan unos ganchitos a unos brackets especiales puestos en los dientes de arriba y de abajo...

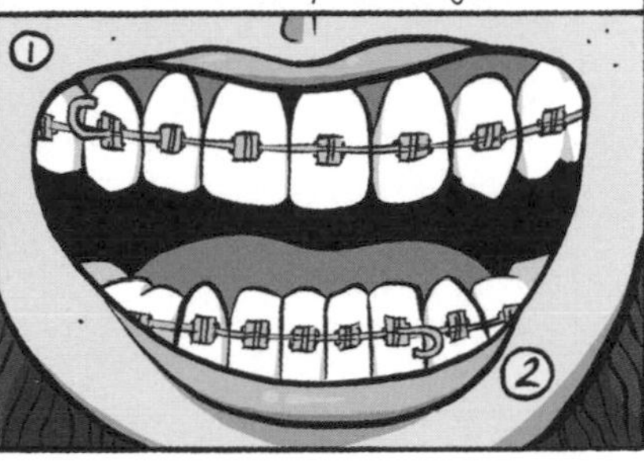

... y se tensa entre ellos una gomita elástica.

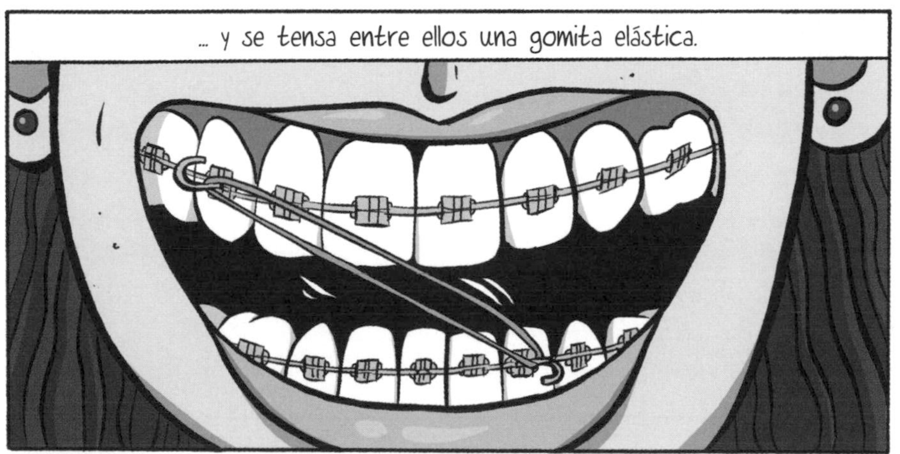

Así que al contenido de mi mochila se sumaron gomitas elásticas.
0.3
Jones + Jones
Hilo dental
encerado
Palillos
E-Z
Enhebrador
dental
CERA
Fresh Mint
BRITE
Crema dental anticavidades
Scope
Enjuague bucal
Aparte de cepillo de dientes con dentífrico de viaje, cera dental, enhebradores, hilo dental, una cajita de palillos y una botellita de enjuague.

Era todo un espectáculo sacar un lápiz, o cualquier otra cosa.
¡HUY!
¡JA, JA! ¡PARECE QUE ALGUIEN INTENTA DISIMULAR SU ALIENTO DE PERRO!

VAMOS, KARIN, SON COSAS PARA MI APARATO...
¡ALIENTO DE PERRO! ¡ALIENTO DE PERRO!
JA JA

Y SUPONGO QUE NO OS VAIS A PONER DE MI PARTE...
ERK!

VOY A POR ALGO DE COMER.
¿PIEN-SO?

JA JA JA
JA JA JA
JA JA JA JA JA JA

EH... ¡TENGO UNA IDEA GENIAL!

Beep
Beep
UNO... DOS...

¡TRES!
ZAASSS

JA JA
JA
JA
JA
JA
JA
JA
JA
JA
JA JA
¡ESTIRÓN!

¿RAINA?

¡VAMOS, QUE SABEMOS QUE ESTÁS DENTRO!
¡LARGO DE AQUÍ!
NICOLE Y KARIN SOLO QUERÍAN GASTARTE UNA BROMA.

¡¡ME DA IGUAL LO QUE QUISIERAN!! ¡ME HAN BAJADO LA FALDA DELANTE DE TODO EL INSTITUTO!
¡PAM!
BUENO, AL MENOS LLEVABAS LEGGINGS DEBAJO.

DA LO MISMO. HA SIDO HUMILLANTE.
¡SPLASH!

PERO DEBES RECONOCER... QUE ALGO DE GRACIA HA TENIDO.
¡¿QUÉ?!

¡VAYA! ¿OS PARECE DIVERTIDO QUE ME BAJÉIS LA FALDA EN EL PATIO?
NO, PERO...

ME DOY CUENTA DE CÓMO SON, Y YA ESTOY HAR...

¡JE, JE! ¡AY, HOLA!
NO LLORES... NO LLORES...

¿ESTÁN ESPERANDO QUE ME PONGA A LLORAR?

¿QUERÉIS VER CÓMO REACCIONO? PUES VALE:

KARIN, NO SOY NINGÚN PERRO.

NICOLE, NO SOY UN VAMPIRO.
OH, VAMOS, NO TE DIGO ESO DESDE...
NO.

¡Y NO PIENSO DEJAR QUE OS BURLÉIS MÁS DE MÍ!

SE ACABÓ.
ADIÓS.

¡¡RINNNG!!

HACE AÑOS QUE NICOLE Y KARIN SE RÍEN DE MÍ... Y SIEMPRE DEJO QUE SE SALGAN CON LA SUYA.
DEUTSCHLAND

SUPONGO QUE, AUNQUE PAREZCA RARO, BURLARSE DE MÍ LAS HACÍA SENTIRSE MEJOR CONSIGO MISMAS.

PERO TUVE EL CORAJE DE ENFRENTARME A ELLAS...
dibujitos
dibujitos

... ¡Y ES COMO SI LES HUBIERA QUITADO SU PODER!
HA HA HA
dibujitos
dibujitos

Fue una separación amistosa. Nos saludábamos en el pasillo, y nos manteníamos al corriente del pasado común.

OYE... ¿SABES QUE MURIÓ LA PROFESORA DE ARTE?

¿LA SEÑORA SHERF? QUÉ PENA.

¡SOY TERESA!
YO RAINA.
¡YA LO SÉ!

¿QUÉ?
TÚ HICISTE EL CARTEL PARA LA FIESTA DE BIENVENIDA DEL PRIMER CURSO, ¿NO? ¡QUÉ BIEN DIBUJADO ESTABA!

ANDA... ¡GRACIAS!
¿A QUÉ COLEGIO FUISTE?
A APTOS.
AH, EN MI CLASE DE BIOLOGÍA HAY UNO QUE TAMBIÉN. QUIZÁ LO CONOZCAS. SE LLAMA SEAN.
¿SEAN? ¡JA, JA! Y TANTO QUE CONOZCO A SEAN.

Un rato después
OYE, ¿DÓNDE SUELES COMER? ¿QUIERES VENIR CON MIS AMIGOS Y CONMIGO?
AH, ¿POR QUÉ NO?

CHEETAZ

Monó- logos

PINTURA
El alcalde Jordan sube los transportes
El aumento de 25 centavos indigna a viajeros y residentes

CAPÍTULO OCHO

¡ME QUITAN EL APARATO!
¡SÍÍÍ! ¡QUÉ GANAS!

¡PARECE INCREÍBLE QUE LO HAYAS LLEVADO TANTO TIEMPO!

PERO ¿DE VERDAD SE ME VE ARREGLADA LA DENTADURA? A MÍ AÚN ME PARECE UN POCO RARA.

SEGURO QUE CUANDO TE QUITEN EL APARATO QUEDARÁ MUY BIEN.

CLARO, ESO SOLO LO DICES PORQUE ERES MI MADRE...

Por fin llegó el gran día, a las pocas semanas de empezar segundo curso.
♫ ME QUITAN EL APARATO...

PRIMERO QUITAREMOS TODOS LOS ALAMBRES...
¡NO VOLVERÁN A PINCHARME!

¡LUEGO LOS BRACKETS!
SCRRRRRRRKK!!

PARA ACABAR, PULIMOS LOS DIENTES EN UN SANTIAMÉN.
RRRRRRRR
RRRRRRRR

¿PREPARADA PARA VER TU NUEVA SONRISA?

SÍ, SEÑOR. CUATRO AÑOS Y MEDIO DE TRATAMIENTO...

QUE EN GRAN MEDIDA HEMOS TENIDO QUE IMPROVISAR...

¡Y TODO PARA DARTE UNA DENTADURA NORMAL Y DE ASPECTO SANO!
¡YUPI!
¡GUAU!
CLAP CLAP CLAP

PERO... ¿POR QUÉ SE VEN TAN RAROS?

¡NO ESTÁN TAN MAL! ES SOLO QUE... NO ESTÁS ACOSTUMBRADA.

PERO ¡ESTÁN VERDOSOS! ¡Y DEFORMADOS!
¡ERA MEJOR AQUELLA BIRRIA DE PALADAR CON DIENTES COMO DE PLÁSTICO!

TENIENDO EN CUENTA QUE TE HEMOS REORDENADO TODA LA BOCA..., HEMOS HECHO CUANTO HEMOS PODIDO.

PERO BUENO, TENGO ALGO QUE SEGURO QUE TE ANIMA.

PALOMITAS

¿A QUÉ VIENE ESA CARA LARGA, CARIÑO?
MMM...
Cena de celebración

YA TE HA DICHO EL DOCTOR DRAGONI QUE EN UNOS MESES PODRÁ VOLVER A CEMENTAR LOS DIENTES.
MM MMM.

DESPUÉS TE QUEDARÁN UNOS DIENTES ESTUPENDOS.

¡SI PUDIERA, ESCONDERÍA MI CARA DURANTE LOS PRÓXIMOS MESES!

¡RAINA! YA TE HAN QUITADO EL APARATO, ¿NO?
MMMM...
Club Econ

¿A VER?

LHS

QUÉ BIEN.
LHS

¿ESTUDIASTEIS PARA EL EXAMEN DE BIO? YO ME HE PASADO MEDIA NOCHE LEYEN[...].
ESPERA, ESPERA...

¿NO VES NADA RARO? ¿NO TE EXTRAÑA NADA DE MIS DIENTES?
EEEH... NO.

QUÉ ES, ¿ALGÚN TRUCO? ¡ESTÁS MUY MONA!
¡SÍ! VENGA, WES Y BURT NOS ESPERAN EN LA ENTRADA. ¡VAMOS TODOS A COMER AL CENTRO COMERCIAL!
CLUB DE AJE
LHS
S.A.D.O.
Sábado 3pm
RM. E106

PUES NADA, ¿A QUÉ ESPERAMOS?

ENTRADA
0009520

Después de eso, mi vida no se volvió perfecta como por arte de magia.

¡DEBES ESFORZARTE MÁS!

No me "ligué a Sean", como dicen, pero él siempre fue muy simpático conmigo.

En lugar de eso, volqué mi pasión en cosas que me hacían disfrutar, sin compadecerme de mí misma.

Me di cuenta de que había dejado que mi aspecto externo influyera en cómo me sentía por dentro.

Pero cuanto más me centraba en lo que me interesaba, más salían las cosas que me gustaban de mí.

ABRE.
El doctor Golden cementó mis dientes por última vez.
BZZZZZZZZZ
A partir de entonces tendría que ir al dentista de mis padres, el doctor Miller.
El doctor Golden solo trataba a niños, y me había tenido como paciente hasta mucho después de lo normal.
CUÍDATE, ¿EH?
¿QUIERES ELEGIR UN REGALITO, POR SER TAN BUENA PACIENTE?
JA, JA... NO, MUCHAS GRACIAS.

AY, RAINA... ¡ES EL FIN DE UNA ÉPOCA!

¡NO HAY TIEMPO PARA SENTIMENTALISMOS, MAMÁ! ¡NO QUIERO LLEGAR TARDE AL BAILE!

LLAMA SI QUIERES QUE VENGA A BUSCARTE. ¡QUE TE DIVIERTAS, CIELO!
¡GRACIAS, MAMÁ! ¡CHAO!

SALIDA

EGUNDO CURSO
de Octubre de 1992
13:00
En el patio
Entradas
5$ socios
7$ no socios
10$
Fotos por
Música por
Compare

FOTO
15$
1 Grande 8x10

FOTOS
15$
1 Grande 8x10
10 Pequeña 3x5
20 Carnet 2x3
+15
+20

UNO... DOS...
TRES...

¡SONREID!

¡Fin!

RAINA TELGEMEIER es una autora de novela gráfica de fama internacional siempre presente en la lista de los más vendidos de The New York Times y ganadora de varios premios Eisner, por *¡Sonríe!* en 2011, por *Hermanas* en 2015, y el más reciente, doble reconocimiento, por *Coraje* en 2020, a la mejor publicación infantil y juvenil y al mejor autor e ilustrador en categoría general.

Es la autora también de *Drama* y *Fantasmas*, Eisner en 2017, además ha adaptado e ilustrado las novelas gráficas de la serie *El Club de las Canguro.* Algo en común en sus novelas gráficas es que giran en torno a la preadolescencia. Actualmente vive en el Área de la Bahía de San Francisco.

Los **Premios Eisner** (Will Eisner Comic Industry Awards) son premios concedidos por logros creativos en la industria del cómic estadounidense desde 1988, son el equivalente de los Oscar en cine. Se otorgan en honor al pionero escritor e ilustrador Will Eisner y son presentados en la Comic-Con anual de San Diego que se celebra cada mes de julio.

Gracias a...

En primer lugar, y por encima de todo, a mi marido, Dave Roman, que me hace sonreír todos los días.

A mamá, papá, Amara, Will y la abuela, por ser buena gente y una familia estupenda.

A Lea Ada Franco (Hernandez), Joey Manley y todos los de Girlamatic.com por haberle dado a este proyecto un hogar durante su niñez. A mi amiga la doctora Anne Spiegel, la dentista de la familia, que evaluó el manuscrito y me animó mucho de principio a fin. A David Saylor y Cassandra Pelham por el placer de trabajar con ellos. A Phil Falco, John Green y Stephanie Yue por haber contribuido a que mi trabajo fuera bonito. A Judy Hansen por ser la mejor agente que podía desear.

A Alisa Harris, Braden Lamb, Carly Monardo, Craig Arndt, Dalton Webb, Hope Larson, Jordyn Bochon, Kean Soo, Matt Loux, Naseem Hrab, Rosemary Travale, Ryan Estrada y Yuko Ota por echarme una mano durante las etapas finales de la producción.

A todos los amigos que me escribieron dedicatorias en los anuarios.

A todos los que me han contado sus dramas dentales personales.

¡A la ciudad de San Francisco, por proporcionarme vistas estupendas para dibujar!

A Archwired.com, Janna Morishima, Heidi MacDonald y Barbara Moon por su apoyo y entusiasmo a lo largo de los años.

A Theresa Mendoza Pacheco, Marion Vitus, Steve Flack, Alison Wilgus, Zack Giallongo, Gina Gagliano, Bannister, Steve Hamaker, Seth Kushner, Neil Babra y mi extensa familia, magníficos amigos y lectores, que no tienen precio.

Nota de la autora

Desde que me rompí los dientes en sexto le he contado a la gente lo que me pasó. Era una historia llena de giros extraños, y a menudo me oía decir: "¡Espera, que aún falta lo peor!". Al final me di cuenta de cuánto necesitaba plasmarlo todo en papel.

Llevaba muchos años dibujando relatos cortos en forma de viñetas, y la historia de los dientes parecía una buena candidata para un cómic narrativo de mayor extensión.

En 2004 me invitaron a participar en una web centrada en el cómic, Girlamatic.com, y decidí empezar *¡Sonríe!* como webcomic semanal. Era la misma época en que empecé a trabajar en las novelas gráficas del *Baby-Sitters Club* para Scholastic, así que los dos proyectos evolucionaron a la par. ¡Para cuando acabé la cuarta novela gráfica del BSC ya tenía dibujadas, serializadas y colgadas en la web más de ciento veinte páginas de *¡Sonríe!*

Escribir y dibujar la historia me brindó la ocasión de echar una mirada al pasado y, por difícil que parezca, reírme de algunas de mis más dolorosas experiencias. Lo que me pasó con los dientes no tenía gracia, pero sobreviví para contarlo, y eso me fortaleció. ¡Por otra parte, en cuanto *¡Sonríe!* empezó a recibir respuesta de los lectores me sorprendió la cantidad de gente con historias dentales parecidas a la mía! Para mí, el proceso de crear *¡Sonríe!* ha sido terapéutico y además me ha puesto en contacto con cientos de almas gemelas, cosa que agradezco profundamente.

Aunque ahora mi sonrisa parezca normal, es muy posible que en el futuro me esperen nuevos dramas dentales. Lo más curioso es que no me dan miedo los dentistas, ni los tratamientos. Tengo mucha fe y confianza en la odontología, y en las mejoras que aporta a la vida de la gente. ¡Además, si lo miramos por el lado bueno, aparte de lo que me hicieron en los dientes de delante, no he tenido una sola caries desde los seis años!

Muchas gracias por leer esta historia.

–Raina

Hermanas

Raina Telgemeier

Raina siempre había querido tener una hermana, pero cuando nació Amara las cosas no salieron como esperaba. A través de *flashbacks,* Raina relata los diversos encontronazos con su hermana pequeña, quejica y solitaria. Pero un largo viaje en coche desde San Francisco a Colorado puede que le brinde la oportunidad de acercarse a ella. Al fin y al cabo, son hermanas.

Raina Telgemeier

Premio Eisner 2015 al Mejor escritor e ilustrador

Coraje

Raina Telgemeier

Raina se despierta una noche con dolores de estómago y ganas de vomitar. Lo que en un principio cree que es un virus contagioso se convierte en la expresión física de su ansiedad. La familia, la escuela, el cambio en los amigos, la timidez en clase o la alimentación tienen parte de la culpa. Afortunadamente sus padres se dan cuenta de ello y toman una decisión importante para ayudarla. Pero será ella quien tenga que hacer frente a sus miedos.

N.° 1 de *The New York Times*

Coraje **es una gran historia, tierna y divertida, sobre la importancia de enfrentarse a los miedos con valentía y optimismo**

Coraje

Doble premio Eisner 2020 a la Mejor publicación infantil y juvenil y al Mejor escritor e ilustrador

DRAMA

Raina Telgemeier

A Callie le encanta el teatro, por eso, cuando le ofrecen un puesto como escenógrafa, no duda en aceptar. Su misión será crear unos decorados dignos de Broadway. Pero las entradas no se venden, los miembros del equipo son incapaces de trabajar juntos y para colmo cuando dos hermanos monísimos entran en escena, la cosa se complica todavía más.

FANTASMAS

Raina Telgemeier

Catrina y su familia se han mudado a Bahía de la Luna porque su hermana pequeña, Maya, está enferma y esperan que el cambio de clima la beneficie. Aunque sabe que es necesario, no es un traslado que haga feliz a Catrina. Pero todo cambia cuando las hermanas exploran su nueva ciudad y descubren un lugar lleno de aventuras, pues Carlos, su nuevo amigo, les revela un gran secreto: en Bahía de la Luna hay fantasmas.

Fantasmas

Premio Eisner 2017 a la Mejor publicación infantil y juvenil

¡BRAVO, MARY ANNE!

Raina Telgemeier y Ann M. Martin

Las chicas del Club de las Canguro se han peleado. Ahora a Mary Anne no le queda más remedio que hacer nuevos amigos en la cafetería. Por si esto fuera poco, tiene que aguantar a un padre sobreprotector y, además, no puede acudir a sus amigas cuando surgen problemas con los niños que cuida. ¿Logrará Mary Anne resolver todos sus problemas y conseguir que el Club permanezca unido?

EL TALENTO DE CLAUDIA

Raina Telgemeier y Ann M. Martin

Claudia, que presta más atención a sus inquietudes artísticas y al club de las canguro que a sus deberes del instituto, siente que no puede competir con su hermana perfecta. ¡Janine estudia sin parar e incluso recibe clases de nivel universitario! Pero cuando algo inesperado le sucede a la persona más querida de la familia, ¿podrán las hermanas dejar de lado sus diferencias?

JULIA Y LOS NIÑOS IMPOSIBLES

Gale Galligan y Ann M. Martin

Julia es el miembro más reciente del Club de las Canguro. Si bien todavía se está adaptando a la vida en Stoneybrook, está ansiosa por llevar a cabo su primer gran trabajo de canguro. Pero cuidar a los tres niños Barrett es complicado: la casa siempre es un desastre, los niños están fuera de control y la Sra. Barrett nunca hace nada de lo que promete. Además de todo esto, Julia se esfuerza por encajar con las chicas, pero no sabe cómo llevarse bien con Kristy. ¿Unirse al Club fue un error?

Victoria Jamieson

Premio Newbery Honor Book

CUANDO BRILLAN LAS ESTRELLAS

Finalista del National Book Award para
Jóvenes 2020 en Estados Unidos

Victoria Jamieson
y Omar Mohamed

INSPIRADORA Y VALIENTE, *CUANDO BRILLAN LAS ESTRELLAS* ES UNA LECCIÓN DE VIDA, BASADA EN HECHOS REALES, DESDE LA PERSPECTIV DE UN NIÑO

TODOS LOS JÓVENES DEBERÍAN LEER LA HISTORIA DE OMAR

Esta increíble novela gráfica está basada en la experiencia d Omar y su hermano Hassán en e campo de refugiados de la ONU en Dadaab, Kenia, donde viviero toda su infancia. A pesar de las condiciones difíciles del campo, Omar descubre la maravillosa oportunidad de ir a la escuela, algo que le da a su vida una visión esperanzadora del futur

Este libro es necesario porque representa una mirada íntima, importante y real a la vida cotidiana de un niño refugiado.

SOBRE PATINES

Victoria Jamieson

Astrid siempre ha hecho todo junto con Nicole. Por eso, cuando se inscribe en un campamento de roller derby está segura de que su amiga irá con ella. Pero Nicole se apunta al campamento de ballet ¡con la cursi de Rachel! Entre caídas, tintes de pelo de color azul, entrenamientos secretos y alguna que otra desilusión, este será el verano más emocionante de la vida de Astrid.

PREPARADA, LISTA... ¡BIENVENIDA A CLASE!

Victoria Jamieson

La valiente Momo siempre se ha sentido a gusto en la feria medieval en la que trabajan sus padres. Pero este año está a punto de embarcarse en una aventura épica, ¡empieza la secundaria! Pronto descubrirá que, en la vida eal, los héroes y los villanos no siempre son tan fáciles de identificar como en la feria. ¿Conseguirá hacerse un sitio y nuevos amigos en este reino tan extraño y complicado?

LOS ESPELUZNANTES CASOS DE

MARGO MALOO

DREW WEING

Los espeluznantes casos de Margo Maloo

Charles acaba de mudarse a Eco City, y algunos de sus vecinos nuevos le dan escalofríos. ¡Este lugar está lleno de monstruos!
Por suerte para Charles, Eco City tiene a Margo Maloo, una mediadora de monstruos. Ella sabe exactamente qué hacer.

UNAS HISTORIAS QUE COMENZARON EN INTERNET Y SE HAN CONVERTIDO EN UNA MAGNÍFICA NOVELA GRÁFICA

Margo Maloo y los chicos del centro comercial

En el centro comercial abandonado vive un grupo de óvenes vampiros, pero su vida de amantes de la música se ve amenazada por adolescentes umanos con teléfonos móviles. Solo hay una persona a la que se puede pedir ayuda, la misteriosa Margo Maloo.

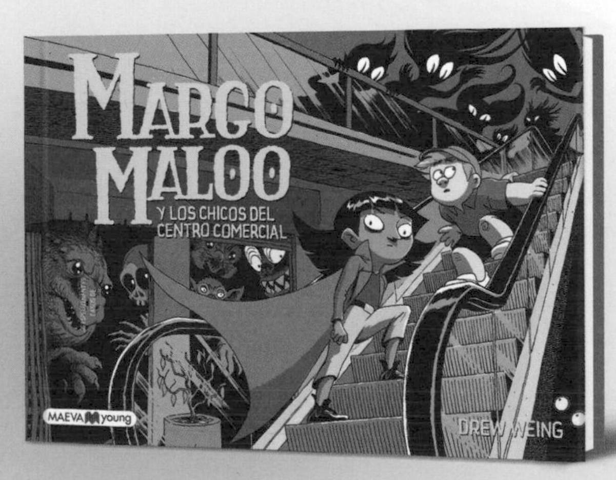

FEB 2022

Ana de Las Tejas Verdes

Mariah Marsden y Brenna Thummler, basado en la novela de L. M. Montgomery

Matthew y Marilla Cuthbert, dos hermanos de mediana edad, deciden adoptar a un niño huérfano para que les ayude en la granja, pero una confusión hace que llegue Ana Shirley. Con su cabello rojo fuego y una imaginación imparable, llega a Las Tejas Verdes y revoluciona deliciosamente todo Avonlea.

«NADA HAY MÁS PODEROSO QUE UNA CHICA CON IMAGINACIÓN.»
L. M. MONTGOMERY

Toni

Philip Waechter

Toni ve un anuncio de las fabulosas botas de fútbol Ronaldo Flash, y desde ese momento sueña con tener un par. Pero su madre no quiere ni oír hablar del tema (las que tiene aún le quedan estupendamente). Entonces Toni decide conseguir por sí mismo el dinero. Se inicia así un camino lleno de aventuras divertidísimas.